Kazuya & Maho
「きみと暮らせたら」

「――一哉」
ふいに耳もとにある真帆の唇から漏れる息が乱れた。
一哉の背中をゆっくりとさすって、少しからだを離すと、脇から前へと手を伸ばしてくる。
（本文 P.139 より）

きみと暮らせたら

杉原理生

キャラ文庫

この作品はフィクションです。
実在の人物・団体・事件などにはいっさい関係ありません。

目次

口絵・本文イラスト／高久尚子

1

たとえば綿飴《わたあめ》みたいにふわふわで、すうっと舌の上で溶けていく感覚。そんな甘くて、おぼろげな心地よさが特別だなんて、そばにいるときは気づかない。子どもの頃はいつもそれがあたりまえのように近くにあったから。

一哉《かずや》にとって、その甘い日々の象徴は——。

「……真帆《まほ》」

夢のなかで、知らず識らずのうちに、その名前を口にしていた。人形のように整った繊細な顔立ち、やわらかそうな白い肌、真っ黒でつややかな黒髪と、黒蜜《くろみつ》みたいに甘い瞳。男なのに、少女と見紛うばかりに可憐《かれん》だった幼馴染《おさななじ》み。

幼稚園のときから、真帆とはいつも一緒にいた。儚《はかな》げな美人である彼の母親に、「うちの子はおとなしいから、一哉くんが仲良くしてくれるとうれしいんだけど」と伏し目がちに訴えられて、「はい」と応えたのが、そもそものはじまり。

一哉は三人兄弟の長男で、幼い弟ふたりをいつも面倒みていたことから、真帆の母親の目にはきっと頼りがいのある男の子に映ったのだろう。美人の彼女にそう評価されたことがうれしかったのと、いつも母親のスカートのすそをつかんで恥ずかしそうにしていた真帆が、一哉の返答を聞いて、はにかみながらも笑みを浮かべた瞬間はよく覚えている。胸に矢が刺さったようにキュンとしたからだ。

（カズくん）

真帆は一哉を控えめな声でそう呼んだ。

真帆の長めの髪からは母親と同じような花みたいな甘い匂いがした。彼の家の門のそばに咲いていた白いバイカウツギのようにやさしい香り。もっとその匂いをかいでみたくて、思わず身をよせたくなるような……。

真帆は一哉よりも小柄で幼い印象だったが、ふとしたときに大人っぽく目に映ったのは、少女めいた外見に似合わず、声だけは真帆のほうが落ち着いていて低かったせいかもしれない。昔から絵を描いたり本を読んだりするのが好きで、自分の世界をもっている子どもらしく、口数は少なかった。よけいなことはあまりしゃべらない。

初めは親に頼まれた義務感から——だが、ずっと一緒にいるうちに、真帆はいつのまにか一哉にとってそばにいて誰よりも心地よい存在になった。

真帆との関係は小学校にあがってから、クラスが違ってしまっても変わらなかった。同じクラスの友達とも遊んだけれども、週に何日かは必ず真帆の家に遊びにいった。真帆は一哉のほかには親しい友達はいなかったが、気にしているふうもなかった。一哉だけにはなついていたし、遊びにくるのを歓迎していた。

真帆の母親もふたりが仲良くするのを喜んでくれて、「一哉くんは真帆の王子様みたいね」などと評した。その形容は少しおかしいと思いながらも、頼りにされるのはまんざら悪い気分ではなかった。なによりも「真帆の王子様ね」と母親にいわれて、当の本人の真帆がはにかんだように笑っていたから。

「俺はカズくんが好き」

真帆もそういってくれて——。

幼い記憶に溺《おぼ》れるようにしてベッドのうえでごろりと寝返りを打ったとき、ジリリ、とかすかに耳障りな音が聞こえてきて、心地よい眠りから引きだされた。篠田《しのだ》一哉は目を閉じたまま眉《まゆ》をひそめる。

目覚まし時計の音だったが、一哉の部屋のものではない。隣の部屋から聞こえてくるのだ。

時計を確認すると、朝の七時三十分だった。今日はまだ寝ていてもいいはずなのに——再びまどろみに浸ろうとしても、目覚まし時計の音はやまなかった。隣の部屋の住人が眠ったままだからだ。

隣室からの目覚まし時計の音は壁ひとつぶん隔てているせいで直接的な騒音とまではいかないものの、長く続くと神経にさわる。最初は我慢しようと思ったが、五分後にもうひとつの目覚まし時計が鳴り始めて、二重奏になった途端に限界がきた。

一哉は飛び起きて部屋の外に出ると、隣室のドアをノックした。それでも目覚まし時計が止まる気配はない。

仕方なくドアを開けて中に入ると、思った通り二つの目覚まし時計がけたたましいベル音を奏でている。部屋の主は服を着たままでベッドに倒れ込むように寝ていた。これだけの騒音のなかで、まったく起きる様子もなく、死んだように動かない。

一哉はわざと足音を響かせてベッドに近づき、床の上に転がっているふたつの目覚まし時計を止めた。

男はやはり目覚めない。男の着ている作業着と呼んだほうがいいシャツはよれよれで、あちこちが絵の具で染まっている。横を向いてからだを丸めているが、ジーンズにつつまれた長い足が窮屈だというようにベッドから落ちそうになっていた。痩軀《そうく》とはいえ、一八〇センチを超える長身には、セミダブルのベッドでも狭そうだ。

どうしようもなくだらしない格好で死体のように眠り続けているくせに、カーテンの隙間《すきま》から忍び込んでくる朝日に半分照らされた顔はおそろしいほどに端整だった。

長めの黒い前髪、そこから覗《のぞ》いている目許は涼やかに切れ上がっており、睫毛《まつげ》が長く、鼻筋は通っていて、大きめの口許はわずかに不機嫌そうにゆがめられている。少し憂鬱《ゆううつ》そうな翳《かげ》りがよけいにその容貌を引き立たせるような、男らしい色気のある顔だった。目を閉じていると、その端麗さが際だって、まるで彫像のように見える。

部屋の中央に置かれたイーゼルには描きかけの絵がかかっていた。おそらくこの絵を描いているうちに、ぱたりとベッドの上に倒れたに違いない。しかし、目覚まし時計をかけていたなら、今朝はバイトか、学校か、早起きしなければならない理由があるはずだ。

「……おい」

呼びかけてみたが、ベル音の二重奏でも起きなかった人間がそう簡単に目覚めるわけがない。

「起きろよ。目覚ましかけてたろ」

親切に起こしてやろうとしているのに、男の表情がますます不快そうにゆがめられた。

一哉はためいきをつきながら無駄に長い手足を忌《い》ま忌《い》ましげに眺める。

一哉自身も細身とはいえ身長は一七五センチを超えている。少しくせのある茶髪にふちどられた顔は、大きく色の薄い瞳と薄く引き結ばれた唇をもち、甘めに整っていた。

自分も含めてひとの容姿にそれほどこだわったことはないが、目の前で眠りこけている相手を前にしたときだけは複雑な気持ちにならずにいられない。

昔の姿を知っているだけに——。

夢のなかで鼻先をかすめた甘い匂いを思い出しながら、一哉は身をかがめ、男の耳もとで声をかける。

「真帆、起きろよ」

昔、その名前を呼ぶたびに口のなかにはほんわりと甘みが広がったはずだった。しかし、いまは苦いものが染みでてくる。

かつては可憐だった幼馴染み——その成《な》れの果てである男、森崎《もりさき》真帆がうっすらと目を開いた。

「一哉……？　なんでここにいるんだ……」

真帆はもう一哉を「カズくん」と恥ずかしそうに呼びはしない。眉間《みけん》に皺《しわ》を寄せたまま上体を起こすと、うるさそうな視線をよこす。

「勝手に部屋に入るな……」

「俺だって好きで入ってるわけじゃない。真帆がベルを止めないから、起こされたんだよ」

真帆は乱れた髪をかきあげながら、目が醒《さ》めきっていないらしくぼんやりとしている。気だるそうに何度か頭を振ってから、電池が切れたように再びベッドに倒れ込んだ。

「おい、真帆？　なにか用があったんじゃないのか。目覚ましかけてたってことは」

一哉が身を乗りだして肩を揺さぶると、真帆はうるさそうに手を押しのける。

「こら、真帆。起きろよ」

しばらくあきらめずに額を叩《たた》いたり、布団を引きはがそうと試みた。しかし、相手はまったく起きそうもない。鼻をつまんでやっても、眉をひそめるだけで目を開けやしない。

……なんなんだ、こいつ。

十分ぐらいベッドのそばにいて頑張ってみたが、戦意喪失した。叩いても髪を引っぱってやっても、そのまま眠り続ける長身の男。このふてぶてしさ、まるで昔の真帆とは結びつかない。先ほど見ていた夢との違いを嘆きたくなる。

「……かわいくない」

ほうっておくかと立ち上がりかけたところ、腕を引っぱられた。

「行くな」と引き止めているようにも、「かわいくない」という呟《つぶや》きに対する抗議のようにも感じられた。まさかと思いながら振り向くと、真帆は目を閉じたまま一哉の腕をつかんでいた。

「真帆？」

起きたわけではないらしい。どんなに呼びかけても返事はなく、その唇からはすうっと気持ちよさそうな寝息が漏《も》れてくるだけだった。

◇◇◇

幼馴染みの真帆と八年ぶりに再会したのは、つい二週間前のことだ。

その日、大学二年になった一哉は部屋を探していた。それまで自宅から通っていたのだが、通学時間の長さにとうとう耐えかねて、ひとり暮らしを決意したのだ。

ほんとうは四月から新生活をスタートさせたかったのだが、これから大学進学を控えた弟がふたりもいるために渋い顔を見せる両親を「バイトもするから」とさんざん拝み倒して、了解を得たころには引っ越しシーズンもひと段落した五月半ばを過ぎていた。

初夏の陽気のなか、一哉は大学最寄りの沿線の駅から続くゆるやかな坂道を歩いていた。すでに条件のいいアパートやマンションは春の引っ越しが終わって空き室なしの状態で、部屋はなかなか見つからなかった。親の負担を少しでも減らすことを考えれば家賃の安いところを選びたかったが、せっかく一人暮らしするのに不便なところも選びたくはない。

さて、どうしようかと住宅街を歩いているとき、甘い香りに誘われ、大きな白い洋館の前で足を止めた。

甘い匂いの正体は、門扉のすぐそばに流れ落ちる滝のように咲き誇っているバイカウツギだった。清楚《せいそ》な印象の小さな花がたわわになって、枝をアーチ状にしならせている。

これと同じ光景を昔見たことがあった。

子どもの頃に仲良くしていた幼馴染み——真帆の家の庭に咲いていたのと同じ花だ。

ほのかな風が枝を揺らすたびに、くせになるような甘い香りが漂った。余所《よそ》の家をじろじろ見るのは失礼だとわかっていたが、幼い頃の記憶が甦《よみがえ》ってきて、なつかしさのあまり追想に耽《ふけ》ってしまった。

男の子のくせに、白い花のようだった幼馴染み。ずっと会ってないけど、真帆はいまどうしているんだろうか……。

そう考えたとき、家のドアが開いて背の高い男がひとり出てくるのが見えた。白いよれよれのシャツにジーンズ。シンプルに着崩したスタイルだが、やけに目を引く男で、年齢は一哉と同じくらいに見えた。

男は寝起きらしいぼさぼさの髪をかきあげながらうつむいていた。途中で、ふと、視線に気づいたように顔を上げる。

男がわずかに驚いたように目を見開いたので、一哉もつられたように見つめ返した。

表情に愛想はないが、大学の構内にいたら、女子が「誰？　あのかっこいいひと」と振り向きそうなほど男は整った顔をしていた。冷たい翳《かげ》りがいい、と文系の女子に騒がれそうなタイプだ。前髪をかきあげている骨張った手は大きく、指がやたらすらりと長い。

男は無駄に整った顔に無愛想な仮面を貼り付けて、一哉を見つめたまま動きを止めた。

やがて男が門扉に向かって歩いてきたので、一哉はマズイとその場から立ち去ろうとした。歩きかけた次の瞬間、男にいきなり腕をつかまれて「え」と固まる。

「――覚えてないのか」

男は無表情なまま一哉を見つめてくる。低い声は独り言なのか、問いかけなのかわからない調子だった。

立ち止まって家を見ていたので、不審者だと勘違いされたと考えた一哉は、あわてていいわけをする。

「いや、花を見てただけなので」

しかし、男は手を離そうとしない。仕方ないので、手をひねって肩ごとからだを振るようにして腕を抜く。あっけにとられる男の表情を尻目に、一哉はそのまま踵《きびす》を返した。

「待て——」

男が引き止めるのにもかまわずに、猛然と走りだす。ひとの家を覗き込んでいたせいで、後ろめたく思ったせいもあるが、無表情のくせに男がなにやら切羽詰まっているように見えて怖かったからだ。

なんだ？　あれは——。

（覚えてないのか）

家からかなり離れてからも、男につかまれたときの感触が腕にしっかりと残っていて、悪い白昼夢でも見たような気分になった。

駅前の通りに戻ってきたときには部屋探しをする気も失《う》せかけていたが、不動産屋の店頭に貼られているアパートの物件情報に目を留める。

情報を確認していると、そのうちに不動産屋のドアが開いて、なかから若い男がひとり出てきた。一哉と目が合うと、男の表情が「あれ？」という驚きに変わる。

「一哉くんじゃない？」

いきなり名指しで声をかけられて目を瞠《みは》る一哉に、男は悪戯《いたずら》っぽい表情で笑いかけてきた。

「わからないか。俺の制服の頃しか知らないもんな。真帆といつも仲良く遊んでたろ？　俺は一時期、家の改装で、おばさんの家に半年ぐらい住んでたことがあるんだけど。そのとき、毎日のように顔見てたんだけどな」

記憶を探っていくうちに、「あ」と声をあげそうになった。昔、真帆から「しばらく一緒に住む」と従兄弟《いとこ》を紹介されたことを思い出したからだ。

真帆と目許がよく似ていた従兄弟。あの頃はたしか高校生だった。真帆の母親と同じやさしい笑顔で、「真帆と遊んでくれて、ありがとう」と大人びた態度で声をかけてきた。

たしか名前は——。

「陽人《はると》さん？」

「当たり。よく思い出したね。きみは全然雰囲気が変わらないな」

陽人のほうは少し変わっていた。当時の彼は髪が真っ黒で、かしこまった品のいい優等生といったイメージだったのに、いまは髪の色がやわらかく明るい茶色になっている。

「よくわかりましたね。俺はすぐにはわからなかった」

「俺もまさかとは思ったけど。真帆の友達なんてきみくらいしかいなかったしな。ふたりが遊んでる姿は人形が並んでるみたいにかわいらしかったから、よく覚えてるよ。すごい偶然だね」

陽人は、一哉と壁に貼られた物件情報を交互に見る。

「一哉くん、部屋さがしてるの？　奇遇だな。俺の住んでる家、友達のうちなんだけど、大きい一軒家で部屋が余ってるからシェアしてくれる子、いま募集中なんだ。ちょうど不動産屋さんに店子《たなこ》紹介してくれるように頼んできたところ。一哉くんがきてくれるなら、募集かけるの待ってもらうけど、どうかな」

　思いがけない提案だった。いまは知らない者同士がリビングやキッチンを共有するシェアハウスや、友人同士でルームシェアすることも多いらしいが、いきなり誘われてもすぐに「はい」とは答えられなかった。いくら昔、顔見知りだったといっても、陽人とはさほど親しい仲ではなかったからだ。

「え……でも、迷惑じゃないですか」

「全然。一哉くんが気を遣うようなメンバーじゃないから。いま住んでるのは、持ち主の友達と俺、それから、真帆。少し前まで友達がもうひとり住んでたんだ。まったく知らない仲間を迎えるのもいいかと思ってたけど、一哉くんなら真帆が喜ぶだろうし」

　なつかしい名前に、心の底が疼《うず》くと同時に、先ほど目にしたバイカウツギの白い花と、真帆の幼い顔が脳裏に浮かんだ。今日、あの花を見たのはなにかの予兆だったのか。

「真帆、いつからこっちにいるんですか？」

「大学はこっちだから一年前からだな。一哉くんがここらへんで部屋探してるってことは、結構近くでふたりは互いに知らないまま学生生活してたんだな。真帆とは連絡とってないんだっけ？　引っ越したきり？」

「ええ」

幼馴染みとのふわふわとした魔法をかけられたような甘い時間は、小学校六年のときに一哉が親の都合で引っ越してしまうまで続いた。引っ越したあとも、しばらくはメールや電話などで連絡をとりあっていたが、いつのまにか真帆のほうから返事をくれなくなり、音信不通になってしまったのだ。

離れてしまえば疎遠になるのは仕方ないと考えていたが、仲の良かった幼馴染みのフェードアウトは心にずっとひっかかっていた。

「ここで偶然会ったのもなにかの縁だから、とにかく一度遊びにこない？　あ……と、でも真帆はさっき出かけるっていってたかな。すぐ近くだから、とりあえず家だけでも見ていけば。ね？」

家が近くだといわれればことわるわけにもいかず、一哉は陽人に連れられて、再び住宅街に向かった。

真帆に会える。突然すぎてすぐには実感がわかなかったが、歩いているうちにしだいに胸が高鳴ってきた。

子どもの頃は女の子のようにかわいかった真帆。いまはどんな姿になっているのだろうか。きっと大人しくて、男にしてはかわいい顔立ちをしていて……。

そんな甘酸っぱい胸のときめきが奇妙な動悸《どうき》に変わったのは、閑静な住宅街に入ってから、自分の前を行く陽人が先ほど一哉が散策していた道とまったく同じルートを進むことに気づいたからだった。

このままだと、先ほどの男がいた家に辿《たど》り着いてしまう。「まさか」と思っていたら、案の定、陽人が「ここだよ」と指し示したのは、バイカウツギの花が見事に咲いている家だった。

一哉は門扉の前に呆然《ぼうぜん》と立ちつくし、眩《まぶ》しいほどに白くやわらかい光を放っている豊かな枝ぶりを見つめる。

(覚えてないのか)

門のところで会った男の、問いかけとも独り言ともとれる低い響きの声が耳に甦った。

とまどいながら家のなかに入ると、広いリビングに案内された。窓際にあるソファに座るように指示される。

「待ってて。いま、なにか飲み物もってくるから」

キッチンに消える陽人を見送ってから、一哉は落ち着かない気持ちでソファに腰掛けた。眉間に皺を寄せて、あらためて状況を確認する。

この家に住んでるのは、陽人とその友達、それから真帆……。

じゃあ、あの男は誰なんだ？　あれが家主の息子だという陽人の友人？　それにしては若いような……。

それとも、まさか——という疑念が頭に思い浮かんだとき、ふと窓に目をやると、庭のなかにもバイカウツギが植えられているのがガラス越しに見えた。ぼんやりと白い花に見入っていると、戸口にひとの気配を感じた。

振り向くと、先ほどの背の高い男が居間に入ってくるところだった。ソファに座っている一哉を見て、驚いたように立ちつくす。

視線が絡んだ次の瞬間、男は厳しい顔つきになってくるりと背中を向けた。

「ま……」

待ってくれ、きみは——と、一哉が立ち上がったとき、ちょうど陽人が飲み物を載せたトレイを手に戻ってきた。

「あれ、真帆？　よかった、出かけたんじゃなかったんだ」

陽人が男に呼びかけるのを聞いて、一哉はその場に固まった。

男は——いや、真帆はいったん立ち止まって「ああ」と答えたものの、すぐに顔をそむけて居間を出て行こうとした。陽人が「ちょっと待った」とその腕をつかむ。

「真帆、お客さんなんだ。久しぶりだから、わからない？　ほら、そこにいるの一哉くんだよ」

「——さっき会った」

真帆は憮然《ぶぜん》と応えた。陽人は「さっき？」と一哉と真帆の顔を交互に見比べる。

一哉はしばらく声がだせないまま、瞬きをくりかえした。白い小さな花のイメージが頭のなかに浮かんでは消える。記憶のなかのはにかんだ少女めいた笑顔と、目の前の男の整った無表情な顔をむりやりに重ねあわせた。

「ほんとに——真帆？」

八年ぶりの再会でようやく発した一言に、真帆は憮然とした様子で「ああ」と答えて見つめ返してきた。冷ややかといってもいい視線だ。

ただならぬ雰囲気を感じとったのか、陽人がとりなすように一哉たちのあいだに入った。

「なつかしいだろ？　ほら、一哉くんも真帆もソファに座って。これ飲んでていいから。俺は自分の分もってくるからさ」

テーブルの上にアイスコーヒーのグラスをふたつ置くと、陽人は自分の分をとってくるといって再び姿を消してしまった。

真帆があきらめたようにソファに近づいてきて差し向かいにどっかりと座り込んだので、一哉もいったん座り直した。

「…………」

「…………」

沈黙が支配する。

姿かたちだけを見れば、目の前の男はもう幼い頃の可憐さなど微塵《みじん》も残していなかった。い

ったいなんの突然変異でこんな姿に？　と思うほどの変貌ぶりだった。

「……真帆、久しぶり？」

混乱しながらも、一哉がやっとのことで言葉を押しだすと、そっぽを向いていた真帆がちらりとこちらを見て、面倒くさそうに「ああ」と頷《うなず》く。

「ごめん。さっき……わからなくて。真帆があまりにも変わったから、びっくりしたよ」

「べつにいい」

真帆は伏し目がちになって小さく息をつくと、アイスコーヒーのグラスに手を伸ばした。うつむいたまま、低い声でぽつりと問う。

「一哉は――元気だったか？」

「ああ、元気だよ」

昔と同じように「カズくん」と呼ばれないことに少しショックを受けた。

大学生になっても昔と同じように呼ばれたらそちらのほうが気持ち悪いかもしれないが、成長したとはいえ過去の記憶とはかけ離れた印象の幼馴染みが不自然に思えて仕方がなかった。いったいなにがあったんだ？　ほんとにきみは俺の知ってる真帆なのか？　誰かと入れ替わってるんじゃ……。そんな馬鹿げた質問を本気でぶつけたくなる。

真帆は憂鬱そうに眉をひそめて、ちらりと一哉を見るものの、目が合うと、すぐに視線をそらしてしまう。その唇から、低い呟きが漏れる。

「──俺と会いたくなかっただろ」

「は？」

いきなりなにをいいだすのかと驚いたが、ちょうど陽人が「仲良くしてる？」と笑顔で居間に戻ってきたので、どういう意味なのかと聞きそびれてしまった。陽人の登場で、真帆はさらに表情を硬くしている。

「八年ぶりだろ？　なあ、真帆──なつかしいよな。一哉くん、子どもの頃の印象のまんまなのな。相変わらず美少年で。デカく成長しちゃったおまえとは大違い」

隣に腰かけた陽人に、真帆は仏頂面のまま「どうせな」と応える。

「清香《さやか》が出て行ったから誰か紹介してもらおうかと思って、不動産屋さんに行ったら、偶然一哉くんに会ったんだよ。おまけに部屋探してるんだって。うれしいだろ？　真帆は一哉くんに会いたがってたもんな」

本人を見ていると、まったくそんなふうに見えなかった。「一哉になんて会いたくなかった」といいかえされたら気まずいなと冷や冷やしていたのだが──。

「ああ」

真帆が仏頂面ながらもはっきりと頷いたので、一哉はますます混乱した。先ほど「俺と会いたくなかっただろ」という言葉をぶつけられたばかりなのに？　会いたかったなら、なんでそんなに不機嫌そうなんだ？

ふたりのあいだに漂う微妙な空気などおかまいなしで、「ところで」と陽人が身を乗りだしてきた。

「一哉くんがここに一緒に住んでくれるとして……家賃なんだけど、光熱費込みで四万でどうかな」

「光熱費込みで四万？」

「うん、そう。条件は、トイレと風呂場とかの共同で使用する場所の掃除は交替ってことと、ごみの分別はしっかりすることぐらいかな」

正直なところ、二時間近くかかる通学時間ではバイトするのも困難だったし、大学の近辺ではワンルームでも六万から七万円が相場で、五万以下の部屋だと選択肢がほとんどない。時期的にこれから部屋を探し続けても、これ以上の好物件が見つからないのはあきらかで、すぐにも飛びつきたいくらいだった。

「でも、こんないきなり……迷惑じゃ……」

真帆がどういう反応を示すのか気になって視線を向けると、先ほどから気難しそうに眉根を寄せて黙ったままでいる。とても一哉がここに住むことを歓迎しているとはいいがたい態度に見えたが——。

「真帆も、一哉くんなら大歓迎だよな」

陽人に確認されると、真帆はゆっくりと視線を上げて一哉を見つめ、ふうっと息を吐いた。

「いいよ。一哉が俺と一緒に暮らしたいなら」

あれ？　と真帆のいいかたに若干妙な含みを感じなくもなかった。

ここではっきり「いやだ」といわれたら、引っ越してこようとは思わなかったはずだが、拒絶されなかったことが決め手となった。

あれほど仲良くしていたのに、中一のときに突然ぷっつりと連絡をよこさなくなった真帆。子どもの頃は自分のあとばかりついてきたはずなのに、この変わりようはなんなのだろう。

「じゃあ、お世話になります」

家賃や条件に惹かれたせいももちろんあるが、一哉が即座に決心した一番の理由は真帆だった。

「じゃ、決まりってことで。部屋、見ていくだろ？」

早速、陽人に家のなかを案内してもらうことになった。一哉がソファから立ち上がっても、真帆は無表情な顔つきのままこちらを見ようともしなかった。陽人も真帆の愛想のない態度には慣れているのか、なにもいわない。

いくつ部屋があるのか知らないが、陽人の友人の親の持ち物であるという広い邸宅は、暗くなりがちな階段に光がうまく差し込む吹き抜けの構造からして、デザイン的に凝った建築であることが窺《うかが》えた。

一哉が住むことになる二階の部屋も陽当たりがよくて、室内も充分綺麗だった。もともとゲストルームなので、ベッドなどの最低限の家具はついている状態なのだという。自分でアパートを借りるよりは遥かに上等な住まいに、一哉の気分も一気に上昇した。

「真帆が隣なんだよ。しっかりした造りの家だから、壁は厚いし、あの子は静かだから、普段はなにも聞こえないだろうけど。朝だけは気をつけてね。なかなか起きないから。目覚まし時計鳴らしっぱなしで、前の住人もよく『うるさい』っていって自分が起こしに行く羽目になってたから」

「俺も起こしますよ」

「でも、あの子は寝起き悪いけど、大丈夫かなあ」

「平気です」

起こしてやるくらいなんだというのだ。幼馴染みとひとつ屋根の下——なかなかいい部屋が見つからなくてどうしようかと焦っていたが、このタイミングで真帆に出会うなんてまさに運命の再会としか思えない。あの変貌ぶりにはびっくりしたが、一緒に暮らすようになれば、真帆の態度もすぐに昔通りになるに違いない。なにせ子どもの頃はあれだけ仲が良かったのだから。

部屋を見せてもらって上機嫌で居間に戻ってくると、真帆は先ほどと同じく物憂げにソファに座り込んでいた。一哉がひとりでいくら盛り上がっても、対する真帆の反応はひどく薄かった。一緒に住むのをいやがらないものの、うれしそうな顔すら見せないのはどういうわけなのか。

「じゃ、今日はこれで」

一哉がそろそろ帰ろうとすると、陽人が「真帆、見送ってあげなよ」と声をかけた。そこで、真帆はようやく反応して、不機嫌そうなまま立ち上がり、玄関まで一緒に出てきた。クールな表情でにこりともしやしない。

「じゃあ、また――」

一哉が玄関のドアを開けると、真帆が突然靴を履いて追いかけてきた。

「門のところまで送るから」

「え――」

驚く一哉をよそに、陽人が笑顔で手を振る。

「仲良くていいね。じゃあね、俺はここで」

まさかことわるわけにもいかず、一哉は真帆と並んで外に出るはめになった。

ドアが閉まり、ふたりきりになってから、なんともいえない気まずさが漂う。先ほどまで親しげな様子など見せなかったくせに、いきなりひとりで「門まで送る」というのが解せない。

「……ほんとに引っ越してくるのか？」

ぽつりと問われて、一緒に外にでてきたのはふたりきりで話があったのかと悟る。真帆も陽人の前ではいいにくいこともあったのだろう。

「そのつもりだけど」

真帆はじっと一哉の顔を見て、「そうか」と呟く。

「ひょっとして、俺がここに引っ越してくるのに反対なのか？　もし、真帆がいやなら……」

「いやじゃない。一哉がかまわないなら、俺はいいんだけど」

だったら、なぜそんなに複雑そうな顔をする？

八年ぶりだから仕方ないのだが、真帆とふたりきりで向きあうと、外見の変化のせいもあって、なつかしさよりもとまどいのほうが大きい。

でも、いくら変貌したとはいえ、よく見るとまったく昔の面影がないわけではないのだ。目許は憂いを帯びていて黒目がちだし、睫毛も長いし、顔立ちそのものはこわれもののように繊細に整っている。子どもの頃のようにまるで白い花、少女のようだ——とはもう形容できないけれども……。

「——だけど、まさか真帆に会えるなんて思ってなかったよ。驚いたけど、会えてうれしかった。こんなふうに部屋を探してるときに会えるなんて、真帆とはやっぱり縁があるんだな」

本心からの言葉だった。真帆から連絡が途絶えたことは、一哉もずっと気にしていたのだ。もう一度会いたいと思っていた。

「そうだな」と同意してくれるのを期待して声をかけたのだが、真帆は無言のままなにかいいたげに一哉を見つめてきた。異様に食いつくような視線に、「え」とこちらがたじろいでしまう。

「なに……?」

真帆は「いや、なんでもない」と目をそらす。

どうも自然に会話が弾まない。昔から真帆は無口で、子どもの頃も一緒にいて、会話で盛り上がった記憶はない。それでも気まずさを感じたことはなかった。

あれはいったいなぜだったのか。昔は真帆がたとえ黙ったままでも、そばにいるだけで心が落ち着いて……。

互いに無言のまま門のところまでくると、真帆がふと脇に植えてあるバイカウツギの前で足を止めた。甘い香りが鼻をくすぐるなか、ぼんやりとなにか考え込むように花を見つめる。

相手が花を愛でているらしいのに、自分ひとりがさっさと「それじゃあ」と去るわけにもいかなくて、一哉も同じく立ち止まった。

そういえば先ほど「俺に会いたくなかっただろ」といった意味を聞いていなかった。どうしてあんなことをいったのだろう。

「真帆……なんでさっき——」

問いかける言葉を途中で呑み込んだのは、バイカウツギを凝視していた真帆がいきなりこちらを振り返ったからだった。高い位置から、見下ろすように視線がそそがれる。

あ、やっぱりこいつのほうが背が高い——。

子どもの頃は一哉のほうが体格がよかったから、真帆に間近で上から見られるのは慣れなかった。それにしても憎らしいほどに格好良くなったな、と思う。幼馴染みの成長がうれしいのに、悔しくもある。

真帆がふいに身をかがめたので、その視線がさらに近づいてきた。ぶつかりそうなので身を引きかけたところ、真帆の唇がかすかに動いた。

「約束……」

そう呟いたように聞こえた。真帆はすぐに一哉から身を離し、先ほどと同じようになにやら気難しい顔で唇を引き結ぶ。

「え？　真帆、なにかいった？」

「……」

真帆はなにも答えない。こちらの困惑顔を見ても、わずかに眉をひそめるだけだ。先ほどよりもさらに硬直して、いっそうクールな表情になっている。だが、伏し目がちの瞳がどこか奇妙に揺らいでいるようにも見えた。

「いま、なにかいっただろ？　約束？」

いくら問いかけても、真帆は黙ったままだった。「ん？」と一哉が見つめると、わずかに目をそらす。しばらくすると、またなにかいいたげに凝視してくる。目が合うと、再びそらす。そのくりかえし。しばらく待ったが、このままでいても仕方ないと判断して一哉はためいきをついた。

「今日は帰るよ。真帆、また今度ゆっくり話そう」

無表情に見送る真帆に背を向けて、一哉は門の外へと出た。背中にはりつくような視線を感じて、自然と早足になってしまう。

……なんだ？　あれ。

別人のようになってしまった幼馴染み。たしかにずっと会ってなかったのだから見違えても無理はないが、真帆の様子はどこか変だった。

――「約束」ってなんだ？

◇　◇　◇

偶然の再会だったものの、同居の話はとんとん拍子にすすんで、一哉は三日前に真帆たちが暮らすこの家に引っ越してきた。

引っ越しの前に、「事前に床とか壁の拭《ふ》き掃除にいきたい」と申し出たところ、陽人からは「必要ないよ。真帆がすませたから」という返事があった。

「え？　なんで真帆が？」

「知らないけど。このあいだ一哉くんが帰ったあと、むっつりした顔のまま部屋をぴかぴかに磨き上げてたよ。あいつなりの歓迎の儀式じゃない？」

再会時にはお世辞にも一哉に会えて喜んでいるふうには見えなかったが、その話を聞いてから真帆も久しぶりだからとまどっていただけなのかと考えなおした。態度にあらわせないだけで、心のなかではきっと一哉との再会を喜んでくれているのだ。一緒に暮らしはじめれば、期待していたとおりに昔のような親しい雰囲気にすぐ戻るのかもしれない、と。

しかし——。

「真帆、部屋を掃除してくれたんだって？　ありがと」

引っ越し当日に一哉が礼をいっても、真帆は「ああ」と目もろくに合わせずに応えただけだった。八年の空白を埋めようとして、こちらがいくら話しかけても反応は鈍く、一哉がそばに寄るといやそうな顔さえ見せる。

なんなんだ？　再会を喜んでくれてるんじゃないのか？

だが、無愛想な態度ながらも、引っ越しの荷ほどきをするときには真帆が誰よりも一番積極的に動いてくれた。相変わらずしゃべるのは必要なことのみで、「これはどこに置けばいいんだ」「こっちは重いから俺が運ぶ」などとそっけないのだが、幼い頃には自分が守ってやらなければならないと思っていた幼馴染みの成長ぶりに一哉は目を瞠るばかりだった。「美少女のような」という形容が相応《ふさわ》しかった真帆に、まさか「重いから俺が」と荷物を運んでもらうことになろうとは。

「真帆、かっこよく成長したんだな。昔と全然違うな」

「――」

ほめたつもりなのに、真帆はうれしそうな顔をしなかった。それどころか屈辱を覚えたように唇を噛《か》みしめて顔をそむけた。

一哉としては久しぶりだし、なつかしい話で盛り上がりたかったのだが、子どもの頃の話題に真帆は決して乗ってこようとしない。とくに容姿の印象が変わったことについては、あきらかに拒否反応めいたものを見せる。

嫌われているのか、それとも違うのか。いったいなにがどうなっているのか、わけがわからない。

幼馴染みとひとつ屋根の下、と一哉的にはひどく盛り上がっていたにもかかわらず、一向に距離が縮まらないまま、今日で三日目――。

……今朝もせっかく起こしにいってやったのに、真帆は不機嫌そうだったしな……。

真帆の目覚まし時計でむりやり起こされたあと、一哉はすっかり目が冴えてしまい、もう一度眠る気にはなれなくて階下におりた。一階のダイニングに入ると、コーヒーの馥郁《ふくいく》とした香りが鼻腔にしのびこんでくる。

テーブルでは、朝の早い社会人のふたりが出勤前の食事をとっていた。陽人と、もうひとりの同居人であり大家でもある羽瀬《はせ》だ。

「おはようございます」

陽人がマグカップを口に運びながら「おや」と片眉をあげる。

「おはよう。一哉くん、早いね。今日はもうちょっと遅く起きるっていってなかった?」

「真帆の部屋の目覚ましで起こされたんです」

「あらら、早速? あいつには目覚まし時計かけるなっていってあるんだけどな。いつも死んだように眠ってて、起きやしないんだから」

陽人の向かい側に座っている羽瀬貴臣《たかおみ》が、手にしていた新聞からちらりと視線をあげる。

「ほんとに死んでるのかと思うときがあるもんな」

「おいおい、ひとのことといえるか? 俺がいなきゃ、羽瀬だって毎朝きちんと出勤できないだろうに。ここに住まわせてもらってから、俺はずっときみの目覚まし時計ですよ?」

「でも、俺は寝起きはいい。起こされたら、素直に起きるだろ」

この家の家主でもある羽瀬は陽人と同い年の二十七歳で、育ちの良さがそのままでているような鷹揚《おうよう》とした雰囲気の男だった。男らしく貴族的に整っている顔と肩幅のしっかりある背の高い体軀《たいく》、出勤時にスーツをぴしっと着こなしている姿は文句のつけようのないほど格好いい。しかし見た目に反して生活態度全般がルーズなので、陽人からいろいろ駄目だしされている姿をよく目撃する。

この家の所有者は羽瀬の親だが、現在は別のところに住んでいるらしく、彼がひとりで好きに使っているらしかった。陽人とは学生時代からのつきあいなので仲がよく、ふたりでいるときは中学生みたいに真面目なことをいいあったり、結構くだらないことで笑いあっている。ふたりともいい大人なのだが、年下の一哉から見ても微笑《ほほえ》ましい光景だった。

「一哉くん、朝っぱらから真帆になにかいわれた？　あの子、寝起きの機嫌、最悪だからね」

　浮かない顔の一哉に、陽人がめざとく声をかけてくる。

「そうじゃないですけど……昔みたいには打ち解けてくれないかなって」

「八年ぶりだからね。真帆も見かけがだいぶ変わったんで、一哉くんもびっくりしたかもしれないけど、性格は怖いくらい昔のまんまだから。いまはちょうどグループ展が近くて描いてる最中なんだよね。あいつ、自分の世界に閉じこもってるときは、いつにも増して頑なだから。それに昔から、口数少なかっただろ？　基本的に人見知りだし、愛想振りまくほうでもなかったし」

　昔の少女と見紛う外見で無口なのと、いまの姿で無愛想なのとでは、同じ性格でも印象が違うのはわかる。だが、それだけの問題だろうか。納得しきれないものがあって、一哉はひそかに唸《うな》った。

　白い花のようだったのに——あの可憐さが欠片《かけら》もない。いや、男だから成長したら、そんなものはなくなって当然なのだけれども……。

「真帆って、子どもの頃とどう変わったんだ？」

幼い頃を知らない羽瀬は、一哉と陽人の話を聞いているだけではイメージがわかないようだった。陽人は「うーん」と首をひねる。

「俺にはあんまり昔と違って見えないんだけどね。でもみんな、外見のイメージは変わったっていうな」

「子どもの頃はかわいかったとか？」

「うん、なんていうか、あんなのっぽじゃなかったし、平均よりちっちゃかったし、おとなしかったし……ほら、真帆んちのおばさんて、すごい少女趣味なひとだろ。あの理想が具現化した、花みたいな美少女っていうの？　外見だけな。中身は子どもの頃から気難しくて、いまと変わらないよ」

現在の長身痩軀の不機嫌面の男からはすぐには想像がつかなかったらしく、羽瀬は馬鹿馬鹿しいというように口許で笑った。

「あのデカイ図体の、どこが花のような美少女だって？」

「だから、小柄だったんだって。それに、いまは背が高くなったからかわいいって雰囲気じゃないけど、あいつは顔だけみれば、いまもかなり繊細な造りしてるんだよな。昔はほんとに『女の子ですよね？』って聞かれることのほうが多くてさ。ねえ、一哉くん」

同意を求められ、一哉は即座に「花のようでした」と頷く。

「時の流れは残酷だな。美少女のいまの姿がアレか」

皮肉げに呟く羽瀬の肩を、陽人が苦笑しながら「こらこら」とつつく。

「ついこないだ、とうとう真帆に背丈で負けたからって、大人げない」

「関係ないね。だいたい一哉くんが昔、美少女みたいだったっていうなら納得だけど、あいつにはかわいらしさの欠片も残ってないじゃないか」

「なんで俺なら納得なんですか」

聞き捨てならずに抗議すると、羽瀬はあっさりと応えた。

「だってきみ、女顔じゃないか。そういわれない？　男の子にしては綺麗な顔してるって」

たしかに一哉は顔だけ見れば女顔だったが、子どもの頃にはあまり「かわいい」とか「女の子みたい」といわれた記憶はない。兄弟のなかでも、その手の賛辞はつねに弟たちに向けられたものだった。むしろ成長してからのほうが、「女顔だね」といわれる機会が多くなった気がする。中学までは合気道の道場に通っていたこともあるし、「かわいい」とちやほやされる軟派な役目は弟たちに任せて、生真面目な硬派に徹してきたつもりなのだ。

ちなみに昔かわいかった弟たちは、いまは一哉よりも男らしくなっている。だから真帆の変化はそんなに驚かなくてもいいはずだが、「おまえもか」と裏切られたような気がしてしまうのは、一哉にとっては真帆が理想の少女像だったからにほかならない。

「真帆のほうが、子どものころはずっとかわいかったんです。黒髪の楚々《そそ》とした印象の、謎めいた美少女って雰囲気で……俺は時々、真帆が男の子だってことを忘れてましたから」

陽人がおかしそうに「そうそう」と同意する。

「真帆が美少女、一哉くんが美少年って感じだったんだよな。一哉くんはいまでもまだ充分美少年路線でいけるけど、真帆はもうデカくなってかわいげなくなっちゃったからな。子どもの頃、一哉くんは唯一、あの変わりものにつきあってくれたから、真帆も珍しくなついてたんだよ。そのせいか、再会したときに『ほんとに真帆？』っていわれて、さすがにショック受けた顔してたっけ。あいつは一哉くんに気づいてもらえなかったことで、ちょっとすねてるのかもな。そういうところ繊細だから」

あらためて思い返すと、すねているかどうかは不明だが、不愉快であっただろうとは想像できた。もし一哉が反対の立場だったら、たぶんショックだ。

「あれは……昔はほんとに女の子みたいだったから、俺にはそのイメージが強くて……真帆に悪いことをした」

肩を落としたとき、ふいに背後にいやな気配を感じて、一哉は振り返った。

どうやら噂をしているときに限って本人が現れるという嫌な法則が発動したらしく、真帆がのっそりと不機嫌な顔をして立っていた。しまったという顔をしたのは一哉ひとりで、陽人と羽瀬はのんびりと笑っている。

「真帆。おまえ、美少女だったんだって？」

羽瀬のからかうような声に、真帆はいかにもいやそうに顔をゆがめた。「……ったく」と舌打ちしただけで、反論するのも面倒くさいというように乱れた髪の毛をかきあげながらキッチンへと入っていく。

「なんだ、あれ、かわいくないな」

「照れてるんだよ。もう美少女ではない自分を恥じて」

羽瀬と陽人は好き勝手なことをいっているが、一哉はタイミングの悪さに頭を抱えたくなった。本人がいないところで噂話をしていたと知られるのは、いまの微妙な距離感では気まずい。

「あのさ、真帆……」

釈明するべくキッチンへと追いかけていくと、真帆は冷蔵庫の扉を開けて、卵をとりだしているところだった。一哉を振り返らずに横を向いたまま、ぼそりと呟く。

「悪かったな」

「え――」

「さっき。目覚まし時計ならして、起こして」

一瞬、真帆が「かわいくなくなって、悪かったな」といったのかと錯覚してしまった。そんなことあるわけがないのだが。

真帆は気だるそうにボウルをとりだして卵を割り入れ、シャカシャカと混ぜはじめる。どうやら「美少女のようだった」と話していたことを怒っているわけではないらしい。

「いや、俺は大丈夫だけど……真帆は今日、なにか用があったのか？　わざわざ目覚まし時計セットしてたけど」

「――いま描いてる最中だから。あんまり長く眠ると、頭のなかのイメージが薄れる。いったん薄れると、また取り戻すのに時間がかかるから」

真帆は美大の油絵科に在籍している。子どもの頃から絵がうまかったので、それは昔のイメージ通りだった。

部屋に入ったときにちらりと目にしたことしかないが、真帆の絵はとても綺麗な色をしている。独得の法則がある色彩のフィルターをかけたみたいに。

一見クリアな色の世界なのに、なんとなく淋しいような、不思議にあとを引く印象がある。陽人にいわせると、それが真帆の個性なのだそうだ。とりあえず目立つものがあるという評価で、コンクールで入賞したり、まだ学生なのに画廊から声をかけてもらってもいるらしい。

「そっか。グループ展が近いんだっけ。あのさ……」

一哉がそばに寄ると、真帆の横顔がみるみるうちに硬くなった。あきらかに拒否反応を示されているようで、さすがに怯《ひる》んでしまう。話しかけられることさえ、いやなのか。

「――一哉、朝食なら俺が作ってもっていくから、ダイニングにいっててくれないか」

意外な申し出に、一哉はきょとんとした。

「俺の分も作ってくれるの？」

「ああ」

「ありがと」と礼をいったが、真帆はこちらを振り返らなかった。

親切なのか、そばにいてほしくないから追い払うためにいっているのか。いまいちその心理がつかめない。

首をひねりながらダイニングに戻ると、陽人と羽瀬が出勤の時間らしく立ち上がるところだった。羽瀬はスーツだが、陽人はシャツにジャケットというラフな出で立ちだ。羽瀬は父親が経営している家具やインテリア製品の輸入を手がける会社、陽人は建築事務所に勤めていると聞いている。

「一哉くん、朝食とらないの？」

手ぶらで席に座る一哉に、陽人が不思議そうにたずねる。

「真帆が作ってくれるっていうから」

「あいつ、一哉くんだけ特別扱いだな。俺たちの朝食なんて絶対に作ってくれないのに。幼馴染みと一緒に食べたかったのか」

「まさか」

陽人と羽瀬のふたりを「いってらっしゃい」と見送ってから、一哉は複雑な気分になった。

引っ越しのときに手伝ってくれた様子を見ても、嫌われているとは思わないが、好かれているとも思えない。昔みたいに仲良くできたらいいと考えているのは自分だけなのだろうか。真帆は子どもの頃の友達なんて鬱陶しいだけなのか。それにしたって……。

「――ほら」

しばらくして運ばれてきた朝食は、オムレツにこんがり焼いたソーセージ、ミニサラダにフレンチトーストが洒落《しゃれ》たプレートに綺麗な彩りで盛りつけられていた。まるでカフェのモーニングセットのようで、男にしては神経が繊細というか、さすが美大生だと感心する。

「ありがとう。美味《おい》しそうだな。いただきます」

引っ越してきてから真帆は外出しているか、自室に籠《こも》っていることが多いので、ふたりきりで食卓で向き合うのは初めてだった。

寝起きのままの真帆は一見だらしなく見えるのに、何気ない所作のひとつひとつが綺麗だった。ほっそりとした長い指がフォークを握って、口許へと運ぶ動きに無駄がない。子どもの頃も、真帆は食べるときはほとんどしゃべらずに一哉の前でおとなしく綺麗に口を動かしていたことを思い出す。

こうして食事をする姿を見ていると、いま目の前にいる真帆と、記憶のなかの真帆はまったくつながらないわけではなかった。昔を思い出すものはまだあった。あの甘い香り。この家の庭にも咲いているバイカウツギ。

「……なあ、真帆。この家の門のところにある白い花、真帆の家にもあったよな。おばさん、ポプリにして飾ってたろ。すごくいい匂いがしてた」

真帆が食事の手を止めて、ちらりと一哉を見た。

「ここのは俺が植えたんだ。庭は好きにしていいっていうから」

「真帆はガーデニングもやるんだ」

「気が向けばなんでも……あの花の匂い、好きなのか？」

「うん。好きかな。いい香りじゃない？　花の匂いって安らぐし。真帆はどんな花が好き？」

「——なんでも」

どんな花が好きかって女の子にする質問でもあるまいし——と口にしてから後悔したが、相手が気を遣ってくれれば、それなりに会話も続くはずだった。しかし真帆にその意思がないのは明白で、さすがに一哉も話を続けようという気力が萎《な》えてしまう。

いままでひとと一緒にいて、気詰まりな思いは経験したことがなかった。それほど社交上手ではないが、一哉はとりあえずどんな相手でも会話をつなげようと試みるタイプだからだ。そういう気質だから、幼い頃に真帆の母親に「仲良くしてあげて」と頼まれたのだが、いまは真帆と向きあっていても、どういう会話をしていいのかわからない。一番仲の良かった幼馴染みだというのに。

カチャカチャと食器とフォークがふれあう音がやけに大きく響く。

「真帆……ほんとは俺がここに引っ越してくるのがいやだった？」

再会した当日にもたずねたが、もう一度確認せずにはいられない。真帆は眉間に皺を寄せつつも、あっさりと首を横に振った。

「いやじゃない」

「そんないやそうな顔してるくせに？　なんかさ……久しぶりだから、俺が感じてるだけかもしれないけど……こう、うまくいえないけど」

「俺はかまわない。このあいだもいった。一哉がほんとにいいのかとは思ったけど」

「俺？　俺がなんで？」

「………」

気難しげな表情のまま、真帆の瞳がかすかに揺らぐ。理由はすべてこちらにあるといいたげだった。

一哉はますますわけがわからなくなった。引っ越したときに連絡が途切れてしまった件といい、こちらが無意識に真帆に避けられるようなことをしているのだろうか。

「昔、引っ越してしばらくしたら、真帆は俺に突然連絡くれなくなっただろ？　あれもどうしてなんだ？　電話も出なくなったし」

真帆はなにかいいたげにしたものの、口は閉じたままだった。やがて眉間に皺をよせて、ふーっと長い息を吐く。

「迷惑だったろ？　一哉は俺に二度と会いたくなかっただろ。だからだよ」

「そんなことあるわけないだろ。なにいってるんだよ。このあいだも真帆は変なこといってたけど」

「――ある」

「ないって。だいたい、俺はずっと真帆に会いたいと思ってて……」

声が途中で止まってしまったのは、真帆がいきなり椅子から立ち上がったからだった。座っている一哉は、見下ろされる格好になる。

「……忘れてただろ……」

悩ましげな顔で吐き捨てるように呟かれて、一哉は「え」と固まる。

「忘れてたって、なにを……」

真帆はいったん口を開きかけたものの、思い直したように引き結ぶ。そのまま結局なにもいわずに背を向けてダイニングを出ていく。

「ちょっと待てよ」

一哉は追いかけようとして立ち上がった。だが、真帆の台詞《せりふ》を頭のなかで何度も反芻《はんすう》させるうちになにかが引っかかって、動きを止める。

いったいなにを忘れたというのか。再会したときにすぐにわからなかったから？　だけど、八年ぶりともなれば……。

記憶の引き出しをさぐると、いつもは気づかない音にまで神経を尖《とが》らせるような繊細な感覚がぶわっと襲ってくる。

（俺はカズくんが好き）

（――約束……）

甘いと思って噛んだ飴が、苦い薬だったみたいに――その正体もわからないままに、一哉はごくりと息を呑んだ。

子どもの頃、真帆の家に遊びにいくたびに、一哉は居心地のよさにスイッチがオフになるような感覚を味わった。

真帆もその母親も、一哉をいつも歓待してくれた。真帆のうちには、自分の家とは正反対のゆったりとした空気が漂っていて、時間がゆるやかに流れているように錯覚した。

家ではやんちゃな弟ふたりを毎日相手にしていて、喧嘩になれば母親から「カズくんはお兄ちゃんでしょ」と諭されるような日々が続けば、一哉が幼くして家の外に安らぎを求めてしまうのも無理はない。

真帆はおとなしいけれどもつねにマイペースで、こちらが変に気を遣う必要もなかった。隣でこちらが流行りの格闘ゲームをしていても興味を示すことはなく、ひとりでスケッチブックに絵を描いているような子どもだった。

興味の有無がはっきりしていたが、まったく他人に関心がないわけでもない。当時習っていた合気道で一哉が昇級したときには、武道にはひとかけらも興味がないだろうに、珍しく「型を見せて」と頼んできたことがあった。立ち技の型を見せると、「カズくん、すごいね」と手放しでほめてくれた。普段周囲に興味を示さない真帆にそんなふうにいわれると、自分が特別な存在になったようで、くすぐったい気持ちになった。

親からは自分の世界にこもりがちで友達がいないと心配されていたようだが、真帆本人は気にしたふうもなかった。それはある意味潔いようにも見えた。

だから折に触れて、一哉は「いいなあ、真帆はいいなあ」と誉めていた。単純に、真帆の一人っ子ならではの自由気ままさが羨《うらや》ましかったのかもしれない。真帆は最初きょとんとしていたが、「変なの」といいながらもおかしそうに笑った。

「俺は真帆と過ごすときが一番リラックスできる」

小学生の吐く台詞ではないと思うが、子どもの頃というのは、意外に大人びた口をきくものだ。真帆はやはり「変なの」といって笑っていた。

あれは小学校三年生のときだろうか。

真帆のうちに遊びにいって、たあいない話をしているうちに眠ってしまったことがあった。ぼんやりと目を覚ますと、一哉のからだの上にはブランケットがかけられていて、隣に真帆が座り込み、一哉の顔を覗き込んでいた。大きな黒い瞳が、一哉が起きたことを確認すると、「カズくん、風邪ひく」と静かに笑った。

そのとき尋常ではないほど間近に真帆の顔が迫っていて、一哉はぎょっとして飛び退いた。吐息まで感じられそうな距離にあわてながら「なに」と問うと、真帆はからかうように唇の端をあげた。

「よく眠ってたから」

「……起こせばいいのに」

真帆は微笑んだまま「よく眠ってたから」とくりかえした。あまり顔を寄せられると、真帆の花みたいな甘い匂いが自分にも移っているような気がした。

庭にはバイカウツギの可憐な白い花が咲いている時季だった。だが、季節に関係なく、真帆のうちにはいつもこのやさしい香りがあふれていた。香水の材料にもされるこの花は、真帆の母親が趣味でポプリにして部屋のあちこちに置いていたからだ。

この甘い香りと、真帆の母親が焼いてくれるシフォンケーキは一哉のお気に入りだった。

その日、おやつのケーキを食べながら、真帆はいつになくぼんやりとしていた。考えごとをしているような横顔はいつものことだが、どこか心ここにあらずといったふうだった。

ふいに真帆がじっと黒目がちの瞳を一哉に向けてきた。いつも伏し目がちな真帆が妙に熱心に視線を合わせてくるのは初めてで、なに——と一哉が問おうとしたとき、向こうが先に口を開いた。

「俺はカズくんが好き。大きくなったら、カズくんと一緒に暮らしたい」

その声は唐突ながらも淡々として、まったく抑揚がなかった。

俺はシフォンケーキなら紅茶味が一番好き――と告げるのと同じくらい単調だったので、一哉はすぐには意味がつかめずに頭のなかでその台詞を反芻した。

「え?」

「俺は、カズくん以外は無理だと思う。もし将来誰かと一緒に暮らすなら、カズくん以外考えられない」

真帆がたかだか小学校三年までの短い人生で、なぜ「一哉以外は無理」と重大な判断を下したのかが謎だった。そもそもいつも口数の少ない真帆がこんなふうにきっぱりと話すのを見たのも初めてで、とまどわずにはいられなかった。

たっぷり一分迷ってから、一哉は正直な意見を述べた。

「将来一緒に暮らすって――でも、男の子同士だし、そんなの無理だよ」

真帆の表情にはしばらく感情らしきものは浮かばなかったが、その澄んだ瞳からぽろりと唐突に涙がこぼれおちるのを見て、一哉はぎょっとした。真帆は大人しいものの、決して泣き虫ではなかったので、泣いたのを見たのはそれが初めてだった。

母親が「いじめられるのではないか」と心配して一哉に友達になってくれるように頼んだが、真帆はマイペースな上にどこか近づきがたい孤高のオーラがあって、実際にはいじめられっ子になるタイプではなかったのだ。我慢強くて、転んで怪我をしても「痛い」と声ひとつあげたことがない。

そんな真帆が泣きはじめたものだから、自分がひどい悪者になった気がして、一哉はあわてて謝った。

「ごめん、ごめんね」

真帆は唇をかすかに噛みしめたまま、黙って首を振る。目にはまだ涙がにじんでいた。その泣き顔を見ているうちに、一哉は猛烈に「無理だ」といってしまった自分を責めたくなった。

「ごめん。いまの取り消し。大きくなったら、一緒に暮らそう。だから泣かないで」

「……でも、無理だって」

真帆はかなしそうに首を振る。

「無理じゃない。頑張ればなんとかなる」

なにを頑張るのか自分でもよくわかっていなかったが、とにかく真帆に泣きやんでほしい一心でいいつのった。

「俺も真帆が好きだよ。真帆はかわいいし」

懸命になるあまり、九歳になったばかりの一哉はどれほど自分が倒錯したことを口にしているのか自覚はなかった。

「俺、かわいいの？」

真帆はきょとんと一哉を見つめ返した。涙はすでに乾いていた。自分が「かわいい」といわれたのがよほど意外な様子で、ぱちぱちと目を瞬きさせていた。

「ほんとに？」

「うん、かわいい。俺のクラスで一番かわいいっていわれてる女子の江藤《えとう》より、真帆のほうがずっとかわいいよ」

一哉がきっぱりといいきると、真帆は少し困惑した様子を見せたものの、なにかを決心したようにきゅっと唇を引き結んだ。

「ありがとう、カズくん。俺、カズくんと暮らせるようになったら、お母さんに習って、カズくんの好きなシフォンケーキをいっぱい焼いてあげるね」

真帆がすっと手をだして小指をたてたので、一哉は面食らった。

「約束」

指切りをせがまれて、磁石にひきよせられるように小指を差しだした。からんだ指のあたたかさは、いまでも記憶に残っている。「うん、約束だ」と答えながら、そのときばかりはほんとうに自分が真帆の王子様になったような気がしたものだった。

なんとも甘酸っぱい思い出――いまになってしまえば、男同士でなにをやっているのだと笑い話だが、一哉にしてみれば真帆を泣かせたくなくて真剣だった。好きという感情がなにを意味しているのか、年齢的に曖昧《あいまい》だったせいもある。

そんな約束までした仲だったのに、一哉が父親の仕事の都合で引っ越してしまってから、先に連絡をくれなくなったのは真帆のほうだった。

ショックだったけれども、連絡がこなくなったとき、淋しいと思うと同時に心のどこかで納得せざるをえなかった。

幼馴染みとの甘い魔法をかけられたような時間なんて、いつまでも続かない。男の子同士で「一緒に暮らそう」と指切りしたことも、真帆だっていずれおかしいと気づく。

連絡がなくなったとき、とうとう真帆の魔法もとけてしまったのだ——と思った。

2

「一哉くん、いま帰り？」

　大学の帰りに、陽人から声をかけられた。夕闇につつまれた駅前は、帰路につく勤め人や学生、夕飯の買い物客が行き交っていて賑《にぎ》やかだ。

　陽人は目立つ格好をしているわけではないが、真帆と同じように人混みのなかでも目をひく。さすがに従兄弟だけあって外見のパーツは似ているが、表情が違うので太陽と月みたいに印象が異なる。

「一緒にスーパー寄っていこう。今日は真帆がハンバーグ作ってくれるっていうから」

　基本的に食事は各自でということになっているが、冷蔵庫の食材は名前を書いてないかぎり自由に使っていいとされている。卵や牛乳などの基本的なものは、年長者組がいつも買い足してくれているらしく切れたことがない。少しの仕送りとバイトでやりくりしている一哉にしてみればありがたい住まいだった。

「真帆が？　あいつ引きこもってるんじゃないんですか」

「いや、今日はもう現実社会に復帰してるはず。さっきメールが入ってたんだ。ハンバーグ作ってやるから、材料買ってこいって。えらそうに。でも真帆のハンバーグは美味しいんだよ。あいつ凝り性だから、プロ並みに料理も上手で」

大学の仲間と企画しているグループ展が近いということで、ここ数日、ほとんど真帆の姿を見なかった。ひょっとしたら避けられているのかと思ったが、時々幽鬼のような顔でキッチンや洗面所にあらわれるのを見かけるので、ほんとうに忙しいだけだとわかった。

(迷惑だったろ?　一哉は俺に二度と会いたくなかっただろ。だからだよ)

あのやりとりがあってから、真帆とはふたりきりで言葉を交わしてない。おかげで、心のなかのもやもやは消えないままだった。

――なんで俺が会いたくなかったことになってるんだ?

たしかに思い出すと、気恥ずかしくて叫びだしたくなるような甘ったるい約束を交わしたこともあった。再現フィルムを記憶にのぼらせると、一哉は壁に頭を打ち付けたくなる。真帆も同じような気持ちで一哉との連絡を断ったのだとしたら、再会してからの、あの愛想のない態度も納得がいく。要するに、子どもの頃の記憶は黒歴史として封印されているのだろう。

でも自分だけが責められる理由が解せない。恥ずかしいのはお互い様ではないのか。

だいたい先に連絡してこなくなったのは、真帆のほうだ。しかも、子どもの頃に「一緒に暮らすのは、カズくん以外は無理だと思う」としおらしく訴えて一哉をその気にさせたわりには、陽人や羽瀬ともうまく同居していたという事実——この状況で、責められるべきは一哉の幼い純情を弄《もてあそ》んだ真帆ではないのか？　こっちは子どもの頃とはいえ、男の子同士なんて変だと思いつつも、真帆のために指切りまでしたのに。

「一哉くん、真帆とは仲良くしてる？　あいつ、相変わらずだろ？」

スーパーで買い物しながら陽人に問われて、一哉は「はあ」とひきつった笑みを浮かべるしかなかった。

「真帆、あんまりしゃべらないですしね」

「創作中だからね。でも今日は少し開放的になってるはずだよ」

「……いや、俺にはずっと閉鎖的なままなんじゃないかな」

「え？」

うっかり陽人に愚痴ってしまいそうになって、一哉はあわてて「いえ」と口をつぐんだ。

「なにかあった？」

「いや、なんでもないです」

真帆はきっと俺に会いたくなかったんです、子どもの頃の思い出が黒歴史だから——とはいえない。それをいったら必然的に、男同士で「将来、一緒に暮らそう」と指切りしたことまで説明しなければならなくなってしまう。

おそらく真帆は、一哉の無神経ぶりを呪《のろ》っているのだ。再会したときに真帆はすぐに一哉がわかった。あの約束もきっちりと覚えていた。しかし、一哉は真帆がわからなかったばかりか、陽人に同居の話をもちかけられたときには欠片もその約束を頭に思い浮かべられなかった。

いまなら、最初に同居の話をしたときに、真帆が陽人の隣に座りながらずっとクールな表情で黙り込んでいた理由がわかる。おそらく家賃の安さなどに安易に食いつく一哉を見て、「こいつ、俺との約束、なんにも覚えてないな」と失望したのかもしれない。友人との大切な思い出と考えれば、たとえ黒歴史認定されていても、すっかり忘れているのは不実な態度に映ったのだろう。

奇《く》しくも一哉本人の自覚はまったくないままに、「将来、一緒に暮らそう」という約束は叶ってしまったわけだが……。

(……忘れてただろ……)

あれはやはりあの約束のことを？　でもなぜそんなに怒るんだ？

「一哉くん、コーヒーでも飲んでこうか」

買い物したあと、陽人は駅前にある小さなカフェの前で立ち止まった。一哉は手にしているスーパーのレジ袋を見下ろす。

「夕飯の材料買ったし。真帆が待ってるんじゃないですか」

「あんなわがままなやつ、焦らしてやっていいんだよ。ちょっと話そうよ。聞きたいこともあるからさ」

「はあ……」

なかば強引にカフェに連れ込まれて、一哉はとまどいながら席に座る。同居するようになってからあれこれ声をかけてくれるので、真帆よりも陽人と話している時間のほうがたぶん多い。気さくで面倒見がよいひとだが、どことなくつかみきれない印象もあった。

「コーヒーでいい？　買ってくるけど」

「あ、すいません。できればココアにしてもらえますか」

図々しいと思いつつもリクエストすると、陽人は「へえ」と目を丸くした。

「ココア頼む男の子って、なかなか珍しいな」

「すいません……なんか思いきり甘いの飲みたくて」

買ってきてもらったココアをずずっと一気飲みする一哉に、陽人は微笑ましげな目を向けてきた。

「甘党なの？　かわいいねえ」

ココアよりも甘ったるい視線に、少しおののく。

「……俺、あんまりかわいいっていわれたことないんですけど。陽人さんも羽瀬さんもよくいいますよね」

女顔なのは認めても、身長が一七五以上もある二十歳の男を「かわいい」と呼べる男は少ないだろう。たしかに陽人と羽瀬は年齢も上だし、一哉より身長もあるのだが。

「ごめん、ごめん。一哉くんみたいな子は『カッコいい』ってほうがいわれなれてるよね。いまは女の子に繊細な甘いマスクって受けがいいし。でも子どもの頃は合気道やってたんだよね？　真帆に昔、『カズくんは武道の達人なんだよ』っていわれたことあるから。いまはやめちゃったの？」

「いや、全然達人じゃなかったし。もともと弟たちがやりたいっていって、つきあいで始めたようなものだから。高校受験前に忙しくなってから、道場には行ってないです。でも下の弟はいまでもやってますよ」

「ああ、弟さんにつきあってあげてたんだ。きみってほんとに健康的だよね。真帆みたいなやつ相手にしてると、相対的にきみみたいな子がかわいく見えちゃってさ。あいつは神経質すぎてねえ」

「はあ……」

なにを意図している会話なのかつかめずに、居心地が悪い。もしも自分が弟気質なら、陽人や羽瀬に「かわいい」といわれてうれしいかもしれないが、あいにく一哉が気になるのは親切な年長者たちよりも自分にとことんつれない真帆だった。そっぽを向かれれば向かれるほど、「どうしてなんだ、俺のなにが悪いんだ」と問いただしたくなってしまう。

「真帆はまだ一哉くんに対して拗《す》ねてるわけ？　俺が一哉くんを呼んだようなものだから、なにか問題があるなら責任感じるんだよ」

「拗ねてるっていうか……真帆はなにか勘違いしてるんです。俺が真帆に会いたくなかったとか。自分のほうから連絡断ったのに、そういわれて。俺がたぶん最初に真帆をわからなかったから。誤解されてるんだと思うけど。でも、俺は真帆と昔みたいに仲良くしたいんだけどな」

「へえ。真帆と仲良くしたいの」

陽人は「ふうん」と興味深げに一哉を見つめたあと、しばし考え込んでから、おもむろに口を開いた。

「一哉くん……真帆はさ、昔からひとづきあいできないし、愛想はないし、だからってまったくの人間嫌いのわけでもないし、自分の世界が好きならひとりで永遠に閉じこもってりゃいいのに気に入った相手には一応好かれたいって姑息《こそく》で自分勝手な欲望もあるし、無駄に見た目が格好良くなったうえに、絵を描くっていう一芸にも秀でてるから、そりゃもう扱いづらいんだよね。あいつは面倒みるの、ほんとに大変だよ。そう思わない？」

なにを語るのかと思いきや、いきなり真帆に対する駄目だしのオンパレードだった。

「え――いや……でも、それが真帆らしいところだし。いまの状態も、俺が再会したときに無神経に『ほんとに真帆？』なんていったのが一番悪いから。真帆は覚えててくれたのに」

バイカウツギの花が咲く門のまえで、「待て――」という真帆を振り切り、自分は走って逃げたのだ。あれだけ見かけの印象が変わっていたら、八年ぶりだし気づかないのも仕方ないだろうと訴えたいところだが、それは一哉のいいぶんでしかない。

「さすが幼馴染み。あいつのこと、悪くいわないんだね。だから真帆はなついたのか。あのね、前にもいったけど、真帆はどんなに姿が変わっても中身は昔とまったく変わってないんだよ。一哉くんのことも同じ。あいつは変わりもので変化球ばかり投げるけど、きみのことはいまでもストレートに好きなんだよ。だいたいあいつ、一哉くんが一緒に住むことにいやだっていわなかったし。俺から見れば充分に歓迎してるし、珍しいほどに好意をアピールしてるんだよね。このあいだの朝、一哉くんは朝ごはん作ってもらっただろ?」

「……あれって、そんなに意味あるんですか?」

一緒に朝食を食べてもまったく会話が盛り上がらなかったし、あげくのはてに「俺に会いたくなかっただろ」といわれて席を立たれてしまったのだ。

「あのとき、真帆は描いてる途中だったろ? いつもなら、自分の食事すらバナナとか、パンかじってるだけなんだよ。今日もようやく作品仕上げて疲れてるときにハンバーグ焼くなんていいだすのも一哉くんに自分の得意料理食べさせたいからに決まってるしね。ぶっきらぼうな態度をとるのはきみがあんまり子どもの頃と印象が変わらないから、いっちょまえに照れてるんだよ、あれ」

「——照れてる」

思いもつかなかった見解に、言葉も棒読みになる。

「そう。見慣れてくるとね、あいつの表情もわかるようになってくるよ。いつも不機嫌面に見えるけど、けっこう喜怒哀楽、激しいから。観察してると、おもしろいよ。——さて、と。じゃあ、そろそろわがままな王様が『材料が遅い』ってキレてるかもしれないから、帰ろうか」

陽人は一哉の肩をぽんと叩いて立ち上がる。

カフェにいたのは二十分にも満たなかった。口ではなんだかんだいっても、陽人は真帆をよほど気にかけているらしい。反対に真帆が陽人になついている姿はいままで見たことがない。どちらかというと、いつも態度がつっけんどんというか、近づかないように距離を置いている。でも、あの気難しい真帆が同居できているのだから、仲が悪いわけではないのだろう。

「陽人さんて、真帆をかわいがってますよね」

カフェを出た帰り道、先をゆく背中に声をかけると、陽人はいやそうに顔をゆがめて振り返った。

「ええ？　かわいくないよ、あんなやつ。おせっかいは俺の癖だから。俺は真帆みたいなやつ、ほんとは大嫌いなんだよね。従兄弟だから、しようがなく面倒みてるけど」

とぼけた口調だったが、いつもは飄々《ひょうひょう》としている陽人の本音がちらりと覗けているように聞こえなくもない。

「俺と仲良くしてるかどうかまで気にしてくれてるのに？　なんで嫌いなんですか？」

「単純にムカつくから？　だいたいあいつ、女の子にもてるんだよね。いったいどこがいいのかわからないよ」

陽人のぼやきに、一哉は「え」と固まった。

「真帆って、女の子を相手にできるんですか?」

「一哉くんも失礼なことというね。そりゃあいつにたらしこむワザなんてあるわけないけど、口数の少ない男を好きな女の子って一定数いるんだよ。まあ顔だけはいいし、相手のほうから寄ってくるんだよね」

真帆が一部の女子に人気があるというのは理解できたが、その子たちと仲良くしている構図は想像できなかった。いまだに女の子みたいだった幼い頃のイメージが強すぎる。

「とにかくあいつはほんとにムカつくんだよ。一哉くんにもそのうちにわかると思うけど。自分の思うように生きてる。かわいくない」


「遅い。買い物は?」

家に帰り着くと、真帆がキッチンで仁王立ちで待っていた。陽人は「ほらね、かわいくないだろ」というように一哉に目配せしてみせてから、買い物してきたスーパーの袋を真帆に渡す。

袋の中身を確認すると、真帆は表情を険しくした。

「……肉はスーパーじゃなくて、角の精肉店で買えっていっただろ」

「ごめん。でも、真帆なら美味しくできるだろ?」

「いうとおりに買ってきてくれよ。……ったく」

陽人は笑顔を崩さないまま一哉にこっそりと「あの野郎、今日は少し口数多くなってる」と囁《ささや》く。

「あいつ、作品の制作期間は世捨て人みたいになるから、今日はまともな話ができると思うよ。描いてるときは、現実のことはすべて煩わしくなって、あとまわしなんだよね」

では、再会してからやけにそっけなかったり、「会いたくなかっただろ」とわけのわからないことで突っかかってきたのもそれが原因なのだろうか。

もしかしたら、今日は自分をなつかしい幼馴染みの「カズくん」だと再認識してくれて、態度も変わるかもしれない。一縷《いちる》の望みを抱きながら、一哉は腕まくりしてキッチンに入った。

「真帆、ハンバーグ作るの、手伝おうか?」

「いい。気が散るから」

即座に返された言葉に、笑いかけた口許がひきつる。

この野郎、なにも変わってないじゃないか。前よりもはっきりいうぶん、態度が悪いではないか。

腹を立てながらキッチンを出てくるとき、ふっとかすかに漂う甘い匂いに気づいた。なんだろう、なつかしい匂い――?

「あれ、手伝わなくてもいいって？」

ふてくされてリビングのソファにどっかりと腰をかけると、先に座っていた陽人がにやにやと笑う。

「気が散るそうです」

「ああ……真帆も若いからねえ。寝不足だし、辛抱たまらないんだよ」

「なんの関係があるんですか。全然意味がわからないんですけど」

やがて羽瀬が仕事から帰ってきた。陽人がメールで知らせていたらしいが、いったんキッチンを覗いて真帆が夕飯を作っているのを確認すると、意外そうな顔をしてリビングに戻ってくる。

「ほんとに作ってるんだ。グループ展、もうすぐだろ。余裕あるのか」

「描き終わったみたいよ。今回は早く終わったみたい。三日後、搬入するって」

「へえ……いつもギリギリなのに。描きおわっても、爆睡が通常パターンだろ。あいつ、どうしちゃったの。妙に活動的だな」

「創作でテンションあがりすぎてて、変な神経伝達物質がでまくってる状態なんだろ。なにせ今回は……」

陽人がちらりと一哉を見た。羽瀬も「ああ、なるほど」といいたげに一哉を見る。ふたりに同時攻撃で含みのある視線を向けられて、一哉は顔をひきつらせた。

「なんなんですか？」

「いや。幼馴染みの前でいいところ見せたいんだろうって話。真帆も男の子だから。テンション高くなるのも無理ない」

「テンション高い？　俺、再会してから、真帆が笑ったとこさえ見たことないけど」

「真帆の笑顔はレアものだからねえ。でもいまはかなり興奮してる状態だと思うよ」

「あれで？　どこが興奮して……」

いいかけたところで、背後にいやな気配を感じた。

「──用意できたけど」

地の底を這うような低い声。また噂をしているときに限って本人の登場だった。一哉は己の学習能力のなさを呪う。ソファの後ろにぬっと立っている真帆は、おもしろくなさそうに一哉たちを睨《にら》んでいる。

陽人と羽瀬は笑顔で悠然と「ありがと、真帆」「楽しみだな」といいつつ立ち上がったが、一哉は真帆と目を合わせられなかった。

すれちがいざまに、真帆が「はあっ」と小さく息をつくのが聞こえてきて、よけいに気まずい。

ダイニングに行くと、テーブルには深めの皿に盛りつけられた煮込みハンバーグが熱い湯気をたてていた。鮮やかな温野菜もいろどり豊かにそえられていて、見た目からして食欲を誘う。

「へえ」と感心しながら一哉は席に着いた。

「いただきます」

ひとくち食べてみると、口に含んだ瞬間、ふんわりとしているのに、じゅわっと肉汁がでてきて濃厚な味が広がった。

「……美味しい。真帆、料理うまいんだな」

先ほどの気まずい空気を払拭《ふっしょく》するべく、積極的に声をかけてみる。だが、真帆はなんの反応も示さなかった。隣で陽人が「いいよ、いいよ」と口パクで伝えてくるのが見える。その調子でほめてやってくれ、ということらしい。

ほんとか？　と疑わしい気分になったのは、こちらがいくらほめても真帆はうれしそうな素振りを見せないからだ。

しかし、なぜか不自然なほど何度も目が合った。一哉が真帆の様子をうかがっているように、真帆も一哉の食べる反応を気にしているみたいに。不思議なことに真帆からは決して話しかけてこようとはしないので、その意図は計りかねた。

食事が半ば終わりかけたところで、羽瀬が「そういえば」と真帆を睨みつけてきた。

「真帆。花梨《かりん》がきたいっていったのに、今日は駄目だって断ったんだって？　さっき、メールがきたぞ。ハンバーグの日なら、呼んでやればいいのに」

いつも年上らしくゆったりとかまえている羽瀬にしては、珍しく腹立たしげだった。真帆は

「ああ……」とうんざりしたように目を伏せる。

「今日は駄目。あいつ、うるさいから。ようやく描き終わって、疲れてるときに相手できない」

「花梨をあいつ呼ばわりするな。花梨はどういうわけか、おまえが大好きなんだから」

初めて聞く名前だった。誰なのだろう。一哉がきょとんとしていると、陽人が説明してくれた。

「花梨は羽瀬の妹なんだ。時々、うちに遊びにくるんだけど。今週末にはくる予定だから、一哉くんにも紹介するよ。かわいい子なんだ。いまは真帆に夢中でね」

真帆の「くだらない」という呟きに対して、羽瀬は不愉快そうに「おまえに花梨はやらないからな」といいかえす。

「真帆の彼女？」

「違う」

即座に真帆と羽瀬が声を合わせる。陽人がくくっと楽しそうに笑った。

「かわいいから、彼女になってくれるといいんだけど、真帆にその気がないからな」

「あったら、変態だろ。だいたいあいつ、少し前まではおまえにひっついてたろ」

「そうなんだよ。でも、俺は『陽人くんは調子がいい』って振られちゃったからな。花梨はかわいいけど、多情だからね」

羽瀬の妹だったら、遺伝子的にかなりの美人に違いなかった。綺麗で、かわいくて、多情。小悪魔っぽい女性を思い浮かべる。

そんな女性が真帆と？

昔は俺が好きだっていったのに、いつのまにそんな——とわけのわからない腹立ちにも似た焦燥が込み上げてくるのにとまどう。なんでこの場面で反応する必要があるのか。

「そういえば、一哉くんは彼女は？　節度を守ってくれれば、連れ込んでもいいんだよ。俺たち、見て見ぬふりするから」

陽人から話を振られて、一哉はハッとしてかぶりを振った。

「いや、俺は——いませんから」

「いないの？　そうか。じゃあ、タイプは？　どんな子が好き？」

「タイプですか？」

一哉は腕を組んで唸る。

いままで一哉が理想のタイプといわれて、ぱっと思い浮かべるのはかなしいことに幼い頃の真帆だった。つきあった相手も、「真帆が成長してたら、こんな感じかな」と思った女の子ばかりだ。先ほど一瞬、嫉妬《しっと》めいた気持ちがわいたのもおそらくそのためだった。思い出のなかの真帆は一哉の理想だから。しかし、この場でそんな倒錯的なことは口が裂けてもいえない。

「やさしくて……話してみて、感じのいい子、かな」

「綺麗系と、かわいいタイプだったら、どっち？」

「どっちでも。ちょっとおとなしめな子が好きかな」

陽人は「ふうん、おとなしい子かあ」と頷きながら、楽しそうに笑っている。「だってさ、真帆」と隣の真帆に声をかけて、凍りつきそうな冷ややかな視線を返されていた。

真帆のタイプは？　と聞いてみたかったが、どうせまた無視されるような気がしたので、話しかけるだけ無駄のような気もした。なぜ幼馴染みとごく普通の会話をすることが、これほど困難なのかと情けなくなる。

やがて食事が終わってみんなで片付けをはじめようとすると、真帆が「待て」と一同を座り直させた。

「デザートがあるからもってくる」

真帆が立ち上がったあとに、羽瀬が気味悪そうに「デザートだってさ」と陽人と顔を見合わせる。

「あいつ寝てないんだろ？　鼻血でもだして、いきなりぶっ倒れるんじゃないのか」

「いいんじゃない？　あいつが張り切るところなんて滅多に見られないんだから」

こそこそいいあっていたが、真帆が人数分のコーヒーとデザート皿を運んでくると、ふたりともぴたりと黙り込んだ。

どうやら今日の真帆はいつもと様子が違っているらしい。愛想のなさに変化はないが、再会してから陽人や羽瀬とは一番よくしゃべっているように見えるし、真帆にしてはたしかにテンションが高いのかもしれない。ただし相変わらず一哉に対してだけは反応がいまいちなのだが。

真帆はてきぱきと各自の前にコーヒーとデザート皿を置いていく。皿に載せられているのは、生クリームをたっぷりと添えられたシフォンケーキだった。

先ほどキッチンに漂っていた甘い香りは、これを焼いたせいだったのかと思い当たる。

「ああ、これ、真帆のおばさんの得意なお菓子だったよな。おまえも焼けるんだ」

陽人が感心した声をあげる一方、羽瀬が恨みがましそうに真帆を睨む。

「こんな菓子作るんだったら、やっぱり花梨も呼んでやればよかったのに」

「今度、花梨にも作ってやるよ。うるさいな」

三人があれこれと話すのを聞きながら、一哉は目の前に置かれたシフォンケーキから目が離せなかった。子どもの頃、真帆の家に遊びにいくたびにごちそうになったから、このケーキはよく覚えている。ふわふわのやさしい甘い味は、一哉の大好物だった。だけど……。

「あれ？　真帆、一哉くんのケーキだけ、なんか大きくない？　えこひいき？」

陽人の指摘に心臓が跳ねた。そのとおり、陽人たちの皿よりも、一哉の皿のぶんだけケーキが倍ほど大きく切り分けてあったのだ。生クリームもおそろしいほどにたっぷりだった。

「もっと食いたいなら、キッチンにまだあるから、切ってくれれば？」

真帆はおかしいことをしたつもりはないらしく、表情ひとつ動かさずに淡々といいかえす。

いつもなら揶揄《やゆ》のひとつも飛ばすはずの陽人と羽瀬が、なぜか遠慮がちに目を合わせて沈黙している。

微妙すぎる空気に、「えこひいき」された一哉のほうが耐えられなくなった。

「あ……これ、俺の好物なんです。真帆の家に遊びにいくと、いつもおやつに食べさせてもらってた。なつかしいな。真帆、覚えててくれたんだ」

陽人は合点がいったように「へえ、そういうこと」と唇の端をあげた。

「なるほど、姑息な欲望か」

聞きとがめて「なに?」と鋭い目をした真帆に、「いいや、なんでも」と陽人は笑ってみせる。

一哉はフォークですくって、シフォンケーキを口にふくんだ。ふんわりとした甘みに、真帆の家で過ごしたゆったりとした時間が甦る。一哉はこのケーキがお気に入りで……。

「……同じ味だ、おいしい」

一哉の呟きに反応してか、真帆が一瞬こちらを見た。だが、目が合いそうになるとすぐにそらしてしまう。

(俺、カズくんと暮らせるようになったら、お母さんに習って、カズくんの好きなシフォンケーキをいっぱい焼いてあげるね)

やはり一哉の好物を覚えていたのだろう。思い出したくもない黒歴史として封印していたわけではないのだろうか。

しかし愛想のかけらもない顔で無言のまま、一哉の分だけケーキを大きく切りとられても、リアクションに困る。たった一言、皿を置くときに「一哉、これ好きだったよな」とでもいってくれれば、ストレートに喜べるのに。

理解不能ながらも、一哉はシフォンケーキの甘さに少しだけ口許を綻《ほころ》ばせた。


「真帆、起きてるか？」

その夜、一哉は真帆の部屋のドアをノックした。シフォンケーキの件で、真帆が自分を嫌っていないとはっきりとわかったので、ふたりで話をしようと思って訪ねてきたのだが、返事はなかった。

もう眠ってしまったのだろうかといったん踵を返したものの、突如、部屋のなかからドスンとなにかが倒れるような音が聞こえたのであわてて引き返した。

「真帆？」

一哉はドアを開けて中に入った。真帆がベッドから転がり落ちたらしく、ブランケットを握りしめたまま床に倒れていた。

すごい衝撃だったはずだが、落ちた本人は「ん……」といいながら目を閉じていた。しばらく顔を覗き込んでいたが、起きる気配がない。

「真帆……?」

そういえばグループ展に出す絵を描くために、ろくに眠っていないのだ。

目覚まし時計でも容易に起きないところを見ても普段から熟睡するタイプなのだろうし、寝不足がたたっていて、いまはよほど深い眠りに落ちているのかもしれなかった。それほど疲れている状態なのに、今夜はハンバーグやシフォンケーキを焼いていたから、陽人や羽瀬に「テンション高い」とからかわれるわけだ。

その場に座り込んで真帆の寝顔に目を凝らすと、長い前髪のあいだから覗いている目許に疲れがでている。いつも不機嫌そうな印象が先にたってしまうので、顔色の悪さに気づかなかったけれど――。

「……わかりにくいよ、おまえ」

思わずひとりごちてから、一哉は真帆の目許にかかっている髪の毛をそっとかきあげてやった。

寝顔はいまもけっこうかわいいのに……。

よしよしと頭をなでているうちに、真帆の目がうっすらと開いた。一哉は手を引こうとした
「おい、大丈夫か?」

が、思いがけないすばやさで捉《とら》えられ、じろりと睨まれる。

「……なにしてるんだ？」

「あ……いや」

「なんで部屋に入ってるんだ。……入るなっていったのに……」

真帆は文句を口にしたものの、一哉の手をしっかりと握りしめたまま、再びすうっと目を閉じてしまった。

「真帆？」

また寝ぼけているのだろうか。以前も一哉が起こしにいったら、いやそうな顔を見せながらも腕をつかまれて、なかなか離してくれなかった。

今回もびくともしない。手首をひねって外そうとすると、思いがけない力でさらに引っ張られる。そのうちにバランスを崩して、一哉は真帆のからだに倒れ込んでしまった。

「……おい、ちょっと真帆……？」

「――」

次の瞬間、背中に腕が回されて、有無をいわさぬ力で抱きしめられ、言葉を失う。

抱きしめたことで満足したように、真帆がふーっと大きな息を吐く。一哉が逃れようとするとがっしりと押さえ込むように抱擁される。

「ちょ……真帆」

「ん――」

真帆のほうが身長が高いのはわかっていたが、こうして抱きしめられると、その体格差をはっきりと思い知らされる。痩《や》せているけれども、体温の高いからだはそれなりにしなやかな筋肉がついていた。身じろぎすると、背中に回された長い指がなだめるように動く。

同時に、からだのラインをたどる指さきの動きに妙に色っぽいニュアンスが含まれているように感じられて、少しばかり焦った。真帆が男みたいに感じられたからだ。――いや、もとから男なのだが。

幼い頃の少女のようなイメージが強いせいか、容姿がだいぶ変わった現在の姿を見ても、どこか男性的な欲望とは無縁のように考えていた。でも、真帆も自分と同じように二十歳前後の男に過ぎないわけだし、一哉にもいままで彼女がいたことがあるように彼にもいろいろあるのだろう。

……好きな女の子の夢でも見てるのだろうか――と考えた途端、伝わってくる体温がやけに生々しく感じられた。

「真帆？」

いいかげん起きろと催促するつもりで顔を上げたら、花みたいな甘い匂いが鼻をつく。女の子みたいなシャンプーの匂い？　いまの真帆にはなんか不似合いな……。

一哉が鼻をくんくんさせながら腕のなかでからだを上に移動させようとすると、真帆はさらに強く抱きしめてくる。顔が真正面から向きあい、あやうく唇と唇が接触してしまいそうになった。

「……わっ」

すんでのところでなんの前触れもなく、ふっと真帆の目が開く。至近距離にある一哉の顔を見て、今度こそはっきりと覚醒《かくせい》したらしく、まるで世界の終わりを見たような顔になった。

次の瞬間、真帆は一哉を抱きしめていた腕をほどいて、ぱっと勢いよく起き上がった。

「目、覚めたか？」

問いかけると、絶望したようにうつむいていた真帆が髪をかきあげる。

「……俺——なんで……？」

「眠ってて、ベッドから落ちたんだよ。ちょうど部屋の前にいたら、すごい音がしたんで……悪い。勝手に入って」

「……なにかしたか？」

ぽつりと重大なことのようにたずねられる。そんな間違いを犯したような顔をされても困るので、一哉は笑いとばした。

「したした。ぎゅっと抱きしめられたんで、びっくりしたよ。気持ちよさそうに寝てるんで、俺もしばらくじっとしてたんだけど。彼女と勘違いしたのか？　真帆、けっこうやさしく抱きしめるんだな」

「――……」

真帆は決まりが悪そうに唇を引き結んでいる。

「あれで起きないなんて、よっぽど疲れてたんだよね、あれ」

黙っている顔を見ているうちに、陽人の「照れてるんだな」という言葉を思い出した。シフォンケーキの件がなかったら、たんに愛想のない表情だと判断したはずだが、照れているのだと思えば、仏頂面もかわいく見えてくるから不思議だった。

真帆はじろりと一哉を睨む。

「……それで、俺になにか用なのか？」

「用ってほどじゃないけど。シフォンケーキ、美味しかったから。真帆と少し話がしたいなと思って」

「好きなんだろ？　ほかにもなにか食べたいものがあったら、いってくれれば作る。ハンバーグは口に合ったか？」

横顔はあくまで不機嫌そうなのに、リクエストをきいてくれるつもりらしい。なぜそっぽを向いたまま怒ったようにいうのだろうか。

「美味しかったよ。真帆、料理上手なんだな。さっきもそういっただろ」

「そうか、よかった」

ほっとしたようにかすかにゆるむ横顔――じっと見ていたら、またもやじろりと睨まれた。

「わかったから、もう自分の部屋に行けよ」

真帆の態度が不可解すぎて、一哉は困惑するばかりだった。

なんなんだろう、いつも一哉を意識しているくせに、つねに遠ざけたがっているような、この反応のギャップは。

「――真帆は俺と話すの、そんなにいやなのか？」

「いやなわけないだろ」

即答だった。そうだよな――と思う。早く出ていってくれという態度と矛盾しているが、どうしてかそれは一哉にもよくわかる。

「じゃあ、なんで一緒にいるの、露骨に拒絶反応示すんだよ。子どもの頃みたいにべったりと仲良くしてくれとはいわないけど」

「昔との違いを一番感じてるのは、一哉だろ。俺じゃない」

鋭い切り返しに、二の句が継げなくなる。再会のときのことを考えれば、真帆にそう思われても仕方がない。

「俺が最初に真帆をわからなかったから？　ごめん。謝っても許してくれないのか」

「そんなこと、いつまでも根にもってるわけないだろ」

「ほんとに？」

腕をつかんで顔を近づけたら、真帆はたじろぐように「うるさいな」と身を引いた。いやそうに顔をそむけられてもめげずに、もう一度「真帆」と声をかけてみたら、やっと根負けしたように口を開く。

「俺が人見知りだってよく知ってるだろ。俺は一哉のことよく覚えてるけど、一哉は俺をあんまり覚えてないってわかったから、馴れ馴れしくしたらとまどうだろうし、そっちの態度に合わせただけだ」

「どういう理屈だよ。だからって俺が話しかけてるのに、つれなくすることないだろ」

「わざとやってるわけじゃない」

真帆は「もう離せ」と再び険しい顔つきになった。腕をつかまれているのがいやなら振りほどけばいいのに、一哉がふれている腕をどこか息苦しそうに見つめている。

「……調子が狂う」

やがて一哉のほうから腕を放すと、真帆は弱りきったように呟いた。からだから力が抜けていくのが伝わってくる。いちいち身をこわばらせるのが馬鹿馬鹿しくなったように。

「――一哉は俺のそばにいても、ほかのやつのそばにいるときと変わらないな。子どもの頃、ほかのやつは俺のことを『扱いにくいやつ』って目で見て、すぐに離れていったけど。一哉は俺がしゃべらなくても、のんびりした様子でそばにいて、遊びにきてるのによく途中で眠ったりしてた」

「だって居心地よかったから。うちは弟たちがうるさいからさ。真帆んちで過ごすの、好きだったんだよ。いったことなかったっけ？」

「……知ってた。リラックスできるっていったし。変なことというなって思ってたけど」

そこで真帆の唇の端がほんの少し上がった。「カズくん、変なの」といいながら笑っていた幼い頃の顔が重なって、胸がざわついた。再会してから初めて見た、レアものの笑顔だ。

真帆の端整な顔立ちは、いまも基本的に繊細な線で描かれているが、昔みたいに「かわいい」と表現されるものではなかった。憂いを帯びた視線には男っぽい色気があって、昔と表情は違うのに、時折どきりとさせられてしまう。

いまも、そんな不可思議な眼差しを一哉に向けてきて、真帆はぼそりと呟く。

「──俺、そんなに変わった？」

「変わった、ってなにが」

「みんな、子どもの頃を知ってるひとはいうからさ。たしかに背は伸びたけど」

本人に自覚はないのだろうか。だが、身内の陽人も「俺にはあまり変わってるように見えない」といっていたし、案外そんなものなのかもしれない。

「変わったっていうか、見かけは印象が変わったけど」

真帆は不本意そうに顔をしかめる。

「……がっかりしたろ？」

「え？」

「一哉が俺をわからなかったのも、見かけが変わったからなんだろ。昔と違うから」

「そんなことは……」

否定しづらかった。以前、陽人たちと「昔は美少女だった」なんて話をしていたのは、やはり不愉快だったのだろう。これだけ格好良くなれば、昔のことはあれこれいわれたくないのが普通だろうが、真帆は自分の容姿がどう変化しているのかについてもよく把握してないようだった。かわいくても格好良くても、どちらにしろ周囲にあれこれいわれるのはうるさい。そんな感じだ。

「たしかに見かけは印象が違うけど、性格は変わってないよ。真帆、描いてるときは、全然周りをかまわないんだろ？　陽人さんがそういってた。周囲を気にしないのは、昔もそうだったし」

「べつにかまわないわけじゃない。あいつはわかったようなことばっかりいってるだけだ。信用するなよ」

口調に妙なとげがある。陽人も真帆のことを「ほんとは嫌いなんだよね」と気になることをいっていたし、仲が悪いのだろうか。

それにしても、真帆が自分に対して「がっかりしたろ」などと考えているとは思いもよらなかった。ずいぶんな誤解がある。

「最初に会った日もこの前も、真帆は『俺に会いたくなかっただろ』っていってたな。でも、俺はそんなこと思ってないよ。見かけが変わったたって、がっかりなんてするわけないだろ。八年もたてば成長してないほうがおかしいじゃないか」

真帆は複雑そうに顔をゆがめた。

「――俺が『会いたくなかっただろ』っていったのはそういう意味じゃない」

「じゃ、どういう意味だよ？」

一哉が顔を覗き込もうとすると、真帆は「あんまり近づくな」と再び剣呑《けんのん》な目つきになった。

「どうしてそんなに俺が近づくの、いやがるわけ？　べつに嫌いじゃないんだろ、俺のこと」

「――」

「近づくな」というわりには、真帆は自分から離れるわけでもないし、一哉を押しのけようともしない。

ためしにこちらから肩をぶつけるようにあてて密着すると、真帆のからだがはっきりと硬直するのがわかった。

「真帆……ひょっとして照れてるのか？　久しぶりだから？」

逆効果だったらしく、真帆は明らかに怒気をはらんだ目で睨んでくる。

「……からかってるのか……」

「からかってなんかないよ。俺は真帆と仲良くしたいっていってるだけだろ。せっかく一緒に暮らしてるんだしさ。真帆がいるから、俺はここに住むって決めたんだから。幼馴染みとひとつ屋根の下でまた仲良くできるって楽しみにしてたのに」

「……タチが悪い」

「え？　なんで？」

きょとんとする一哉を見て、真帆はふーっと長い息を吐いた。

「ほんとに俺と仲良くしたいのか」

「うん」

「……ほんとに？」

「ほんとだよ。なんで何度も確認するんだよ。それとも、真帆は俺を嫌いになったのか？　仲良くしたくないとか？」

「…………」

真帆はいきなり胃でも痛みだしたというようにうつむいて動かなくなった。

心配になって「真帆？」と声をかけると、至近距離から不可解な視線を投げてくる。どこか気だるい雰囲気の、少し怖いような瞳。あまりにもじっと食い入るように見つめられて、さすがにとまどった。

「……せっかく距離をおいて、頭を冷やそうと思ってたのに」

「え？」

一哉がきょとんとしたそのとき、真帆の手がすっと頬に伸びてきた。かさついた指さきの感触の熱さに目を瞠る。いきなり頬を押さえつけるようにして、唇を重ねられたときにはなにをされているのかよくわからなかった。

「ん——んん？」

真帆は一哉の頬や耳もとをなでながら、うなじに手を伸ばす。引き寄せられるようにして、さらに唇が深く合わさった。ぬるりと舌がからまる。

いったん唇が離れたとき、「真帆っ」と呼びかけてみたものの、返事はなかった。すぐにまた唇がふさがれる。

「ん——ん」

突き放そうと伸ばした腕をつかまれて、熱い塊に押しつぶされるようにして一哉は床に倒された。反撃したかったが、そのときになっても頭ではなにが起こっているのか理解できずにからだに力が入らなかった。

「ちょ……真帆っ」

首すじに唇をつけられて、「ひっ」と悲鳴をあげる。

大きな犬にいきなり飛びかかられたみたいだった。ハア……という荒い息と熱い舌が肌のうえを嬲《なぶ》っていく。犬ならいいが、なんで真帆にそんなふうに舐《な》められるのか。

「——もう少し」

なにを「もう少し」要求されているのか。こめかみに何度も強く唇を押しつけられて、一哉はパニックになった。

「ひ……ひっ——く、くすぐったい……真帆っ」

「くすぐったい？」

笑うように震えた語尾に、真帆が怯んだ様子で動きを止めた。

正直なところ、笑いたくなるほどくすぐったいわけではなかった。いきなり真帆が見知らぬ男のように見えて、とっさの判断で冗談にしてしまいたかったのかもしれない。

「もう駄目、俺の負け、降参」

「——べつに勝負してないんだけど」

苦々しい声が降ってくるのと同時に、一哉を押さえつけていた真帆の腕の力がふっと抜けた。

「……真帆？」

「もういい」

真帆は小さく息をつくと、身を離す。一哉もすぐに上体を起こしたものの、胸は不規則な鼓動を打っていた。……いま、いったいなにをされるところだったのか。

「いま、俺がなにをしたと思ってるんだ？」

「え……スキンシップ？」

とぼけたのは逆効果だったらしく、真帆の表情がみるみるうちに硬直する。これはマズイと焦って、一哉は相手をなだめる言葉をさがす。襲われてショックなのはこちらなのだが、真帆

もなぜか傷ついているように見えたからだ。

「え……と、真帆、もしかして、さっき、俺にキスした？」

「――もしかしなくても、した」

ああ、やっぱりそうなのか。された行為は認識できていても、なぜなのかがわからなくて、実感がともなわなかった。真帆の乱れた息が、舌の感触がいまごろになってリアルに感じられる。

遅ればせながら頬に熱が走るのを覚えながら、一哉は渋面をつくった。

「あのさ……なんで俺に？　ふざけてるのか？」

「ふざけてない」

「じゃあ、いやがらせ――」

「馬鹿なのか。俺は好きだっていっただろ。子どもの頃に、ちゃんと」

「え――なにが、いつ」

思い当たることはひとつしかない。幼い頃の甘酸っぱい記憶。

(俺はカズくんが好き)

だけど、あれは小学生のときの話だ。真帆も女の子みたいで、好きだという告白はもちろん、「一緒に暮らそう」という約束も、子ども時代特有の親愛表現にすぎないと思っていた。

あっけにとられる一哉の反応を、真帆はある程度予想できていたようだった。

「ほら、みろ。そういう意味だって知ったら、二度と会いたくなかったろ？　忘れたかっただろ？」

「……だって、久しぶりに会ったのに、真帆はいつのまに俺のこと……」

「会ってなくても、俺は忘れたことなかった。ひとつ屋根の下で、部屋も隣で……一哉が引っ越してきてから、こっちがどんな気持ちでいたと思ってるんだ」

そんなふうに責められても、まさか真帆が成長した男の自分相手に日々悶々《もんもん》としていた――などと普通は想像できるはずもない。

しかし、再会して以来、どうして一哉に対して妙な態度をとるのかは、いまの言葉ですべて腑《ふ》に落ちてしまった。

（忘れてただろ……）

（せっかく距離をおいて、頭を冷やそうと思っていたのに）

昔と同じように好きだから、いきなり同じ屋根の下で暮らすことになって、真帆はとまどっていた？　一哉が子どもの頃の約束を覚えてないようだから、どういう態度をとっていいのか決めかねていたのか。

「俺も……真帆が好きだっていってくれたことは覚えてるよ。『好きだ』って返事したことも、一緒に暮らそうって指きりしたことも覚えてる。俺にとってもいい思い出だったたし。でも、真帆……俺は男なんだけど？」

あたりまえのことをいまさら主張すると、真帆は「知ってるけど」とクールな顔つきで一《いっ》蹴《しゅう》した。

「俺も昔から男だけど。一哉は、昔、俺が好きだっていってくれただろ」

「いや、あれは――」

「昔は、俺が女の子みたいに見えたから？　そうじゃなかったら、いわなかった？」

はっきりいえばそうだが、いま一番突きつけてはいけない台詞のような気がして、一哉は口をつぐんだ。

真帆は好きだ。子どもの頃は女の子みたいに見えたから、泣かせたくなかったし、自分が守らなきゃいけないと考えていた。変だと思いつつも、無謀な約束をしたのもそのためだ。

でも、いまは――？

自分よりも遥かに背が高くなり、肩幅も広くなり、長い手足をもつ目の前の端整な顔立ちの男をあらためて見つめる。

子どもの頃はともかくいまの真帆と自分がどうにかなるところを頭のなかでシミュレーションしてみても、冷や汗しかでてこない。

先ほど一方的に押し倒された状況を考えてみても、真帆は決して女の子的な気持ちで一哉を見ているわけではなく、つまり……。

一哉のとまどいを感じとったのか、真帆はいったん黙り込んでから覚悟を決めたように姿勢を正した。

「一哉にははっきりいわないと駄目みたいだから、いっておくけど」

あらたまった口調から漂う緊迫感に、一哉はごくりと息を呑む。

「――俺はいまも好きなんだ。子どものときから、気持ちは変わってない。再会して、はっきりわかった。俺には一哉しかいないから」

低くて響きのいい声は耳に切々と届く。驚いて固まっている一哉に、真帆が表情をさぐるように目線を合わせてきた。

「――無理?」

「無理っていうか……」

子どもの頃、「でも無理だって」と泣き顔になった真帆に対して、「無理じゃない。頑張ればなんとかなる」と応えた。いまも頑張るつもりがないわけではないが、予想もしていなかった展開に唖然《あぜん》とするしかない。

――どうしたらいい?

一哉は真帆と見つめあってフリーズしたまま動けなくなった。

3

いままで何人かの女の子とつきあった経験はあった。

向こうから好意を寄せてもらったことも、自分から「いいな」と思ったこともある。

好きになるのは、幼い頃の真帆《まほ》に似たタイプばかりで、真帆がいまもそばにいたらどうなっていただろうと何度か想像したこともあった。男の子同士なんて変だけれども、真帆ならかわいいからいいかもな、と。

土曜日の朝、ベッドのなかでうつらうつらとしながら、一哉《かずや》は真帆にキスされたときの感触を何度も甦《よみがえ》らせていた。もし、またああいうことがあったら、どう対処するべきなのか。

(俺には一哉しかいないから)

あんなふうに熱烈に求められて、俺に応えられるのか?

「……ん……」

浅い眠りにくるまれながらしばらくうなされていたが、寝返りを打ったところで、部屋のなかに誰かがいるのに気づいた。

とっさにまだ眠っているふりをして硬く目をつむると、足音が近づいてくる。侵入者がベッドのそばに立ち、覗《のぞ》き込む気配がした。

「……あれ？　このひと、眠りながら眉《まゆ》ひそめてる。悪い夢でも見てるのかしら」

「ほんとだね。なにか悩みがあるんじゃないかな。でも、しかめっ面《つら》でも、なかなかかわいいだろ？　あの真帆につきあってあげられる器のでかさがあるんだから、性格も忍耐力のある、いい子だよ。顔見れて、満足した？」

「うん、気に入ったわ。真帆くんとお似合いかもしれない」

まだ幼さの残る子どもの声に応えるのは、陽人《はると》の声だった。

——誰？

一哉が目を開けると、予想通り七、八歳くらいの女の子が顔を覗き込んでいた。「おはようございます」と笑顔を見せる女の子の隣には、陽人がにこにこしながら「おはよ」と手を振って立っている。

「……おはようございます」

一哉は侵入者たちを訝《いぶか》しみながら見た。

背中にかかるストレートな長い黒髪、色白でぱっちりとした二重が印象的な女の子だった。なぜこんな美少女が朝っぱらから男の部屋に入り込んで、一哉を品定めしているのだろう。

「ごめんね、勝手に部屋に入って。この子、ほっておくと、ひとりでも部屋に入っていっちゃうしさ。俺が一応つきそってきたんだよ。真帆の幼馴染《おさななじ》みを早く見たいっていうから」

一哉は半分寝ぼけ眼のまま「はあ」と頷く。

「……彼女、陽人さんか、羽瀬《はせ》さんの隠し子ですか？」

「一哉くんて天然なの？　それともいやみなの？　もうちょっと現実的なこといってくれる？

どうして、俺にこんな年齢の娘がいるんだよ」

女の子は両手をだして、年齢差を「いち、に」と数えはじめる。

「わたしが陽人くんの子どもだとしたら、二十一歳のときの子になるわ。全然不自然じゃない」

「あのね、花梨《かりん》……ちょっと前は、俺の彼女になるっていってたくせに、いきなり父親役にさせられるわけ？」

「だって、いまは真帆くんのほうがいいもの」

ツン、と顔をそむける少女に、陽人は「ほんとに気移りしやすい子だなあ。女性不信になりそうだよ、俺」と嘆いてみせる。

そのやりとりを見ているうちに、ぴんとくるものがあった。ひょっとして……。

陽人が「そのとおり」と一哉に笑いかけてくる。

「この子がこの前話してた花梨だよ。羽瀬の妹」

　羽瀬の妹は真帆に夢中というから、てっきり一哉たちと同じか、少し年下の高校生だとばかり思っていた。真帆が女の子につきまとわれているところなど想像できなかったが、小学生とはいくらなんでも想定外だった。

「やだ、お兄ちゃんてば。その話は秘密っていったでしょ」

　一哉が階下におりていったとき、居間からは花梨のはしゃいだ声が聞こえてきた。羽瀬と陽人の楽しそうな笑い声も響いてくる。普段は男しかいないだけに、女の子の声が響くだけで、家のなかが明るく華やいだ。

　それにしても羽瀬の妹にしては、少し年齢が離れすぎてやしないだろうか。そもそもどうして羽瀬はこんな広い家に家族と離れて住んでいるのだろう。資産家でいくつも家があるとしても、あらためて考えると不自然だった。

　居間に顔をだすと、真帆もすでに起きていた。ソファで隣に座る花梨にべったりとなつかれている。

　花梨は一哉の顔を見て、にっこりと微笑《ほほえ》み、「あ、一哉くん。さっきは驚かせてごめんなさいね」と声をかけてきた。一哉が返事をする前に真帆へと向き直り、腕にしがみつく。

「ねえ、真帆くん。花梨、今日これからお兄ちゃんたちと一緒に、グループ展見にいってあげるからね」

「静かにしてくれるなら、いいけど。花梨はうるさいだろ」

花梨がどんなに甘えても、真帆は愛想のない顔つきのまま目の前に広げている新聞から目を離さない。低く淡々と話す声もいつもと変わらず。

「花梨は人目のあるところで騒いだりしないわ。花梨は真帆くんの絵、大好きだもの」

「しっかり鑑賞するか」

「もちろん」

「なら、いい」

小さな女の子になつかれる真帆の図——というのは、なかなか新鮮だった。そっけない態度ではあるが、腕にしがみつかれても席を立とうとしないところから、真帆が意外にも彼女を嫌っていないことがわかった。

「一哉くん。俺たち午後から行く予定なんだけど、一緒に行くだろ？　真帆のグループ展。出発は一時になるから」

陽人に声をかけられて、「あ、行きます」と一哉は返事をする。

真帆のグループ展は昨日の金曜日から日曜日までギャラリーを借りて開催されている。今日は二日目だ。明日にでもひとりで見てこようかと思っていたところだが、陽人たちが行くというのなら同行させてもらったほうがいい。

朝食を食べるためにリビングからキッチンに向かったところ、真帆がのっそりと立ち上がって追いかけてきた。

「グループ展、見にくるのか」

「うん。明日にでも行こうかと思ってたんだ。陽人さんたちが行くっていうのなら、ちょうどいいから。真帆の絵、ちゃんと見たことないし、楽しみだよ」

「……そうか」

平板な口調ながらも、真帆の顔にかすかにうれしそうな表情がよぎる。

一見すると無表情なのに、陽人がいうように真帆が意外と感情豊かだというのは当たっているかもしれない。暗号は、キーとなる言葉を見つけてしまえばスルスルと解ける。あれと同じだ。真帆は一哉を好きなのだ――とあてはめてみると、反応がおそろしくわかりやすい。

数日前、真帆から「いまも好きなんだ」と告白された。結局その場では答えられずに、「少し考えさせてもらってもいいか」ということで終わりになったのだが、その日以来、グループ展の準備で忙しいらしく真帆とふたりきりでゆっくりと話す機会はなかった。

とりあえず次に話すときには、いつもどおりに振るまおうと決めていたので、向こうからこうして普通に話しかけてくれるのはありがたかった。告白以前は一哉の前でむっつりしているだけだったのに、気持ちをぶちまけてしまったせいか、数日ぶりに向きあう真帆はやけに自然体だった。

引っ越してきた当初からそうしてくれればよかったのに——とはいえ、向こうにしてみれば気持ちを抑えていたからぎこちなくなっていたわけで、それがぶちまけられたいま、一哉のほうがうっかりすると妙に緊張してしまいそうだった。

「真帆もなにか食べるのか？　俺もこれから作るから、一緒に用意しようか」

真帆は「いや、コーヒーだけだから」とかぶりを振る。

だったらコーヒーを飲めばいいのに、真帆はキッチンを出ていく様子もなく、その場に突っ立っている。一哉は朝食のサンドイッチを作りはじめたが、背後に手持ちぶさたに立っていられるとさすがに落ち着かない。

好きだと告白された相手とふたりきり。いや、でも真帆だし……。

つい先日まで、真帆は一哉がそばにいるのをいやがっていたくせに、今朝はいままでと一転して少しでも長く同じ空間にいようとしているみたいだった。そういった心の動きがわかりやすく伝わってくるだけに、変に意識してしまう。

「……なあ、真帆。やっぱり食べない？　サンドイッチ、多くできたからさ」

朝食を作り終えて一哉が振り返ったとき、真帆は食器棚によりかかるようにして、目を閉じていた。よほど疲れているのか。わずかに首を斜めにして、立ったまま眠ってしまっている。

「——真帆？」

呼びかけると、真帆は眉をひそめながら、億劫《おっくう》そうに目を開けて、またすぐに目を閉じる。

こういうときの真帆はいつになく無防備だ。起こされてもまだお眠だとむずかって訴える子どもみたいな反応に思わず見入ってしまう。俺よりデカイ図体して、こんなに綺麗で格好良い顔してるくせに……。

吸い寄せられるように顔を近づけたところ、いきなり目を開けられて、一哉はあわてて飛び退いた。

なにが起こったのかわからない真帆は、一哉の極端な反応を見て「なに」と不審げだ。

「……そんなに眠たいなら、もう少しベッドで寝てろよ」

「昨日と配置を換えるために早く出るから」

「なんか食べていったほうがいいんじゃないのか？」

「――吐きそうだから。いつものことだけど。寝不足で」

淡々と返してくる顔は、やはりクールなままだった。こういうとき、感情が一見わかりにくいのは、得なのか損なのか。

「なんか食べていけよ。俺のほうが心配になってくる。倒れたら、どうするんだよ。ほら、サンドイッチは？」

真帆は「いらない」とかぶりを振る。

「なんでだよ。ひとつだけでも。真帆みたいに料理上手じゃないけど、まずくはないはずだ」

「そうじゃない」

真帆は困った顔をすると、一拍おいて目を閉じ、そのままふらりと一哉のほうに倒れてくる。真正面から抱きつかれるような格好になって、一哉は面食らいながらも真帆を支える。

「おいっ……大丈夫か？　具合悪いのか？」

「——違う。眠い……」

「え？」

具合が悪いわけではないとわかって安堵《あんど》したものの、ぎゅっと背中に回した腕に力を込められて、身動きがとれなくなってしまった。寝不足の相手を突き飛ばすわけにもいかないので、抱きしめられたままになるしかない。

「眠いって……こら、真帆」

ふわりと髪の匂いが鼻をつく。以前も思ったが、やはり花みたいな香りがする。髪質自体もサラサラだ。女性もののシャンプーでも使っているのだろうか。

からだをぴったりとくっつけられても、不思議なことに嫌悪感はなかった。目を閉じてしまうと、男に抱きしめられているという感覚すら希薄だった。幼い頃に四六時中肩を寄せていて互いの体温を知っているせいか、違和感もない。伝わってくるのはなつかしいぬくもりだけだ。

「真帆？　わ——」

やがて完全に体重を預けられて、一哉が足を踏ん張らせたところで、倒れかかっていた真帆がようやくはっと目を見開いた。

「悪い」

「いいけど……そんなんで大丈夫なのか？　やっぱりなんか食べていったほうがいいんじゃないか？　今日はずっとギャラリーにいるんだろ？」

真帆は血色がよいとはいえない顔で「大丈夫だから」と呟《つぶや》くと、再びよろけるように食器棚によりかかって、長い息を吐いた。

「いまのでだいぶ充電できたから」

「は？」

一哉は思わず聞き返したが、発言した真帆のほうが照れたように伏し目がちになって、「なんでもない」と怒ったように呟く。

いったいどういうエネルギー源にされてるんだ？

「あ……だったら、もう一回ぐらい俺をぎゅっとしていくか？　充電不足にならないように」

照れをごまかすためによけいな口をきいたら、じろりと睨《にら》まれた。

てっきり怒っているのかと思ったのに、真帆はしばらくすると硬い顔つきのまま一哉に近づいてきた。

「いいのか？」

囁《ささや》くなり、真帆は一哉が返事をする前に抱きしめる。まさかの行動に驚いて固まっていると、なだめるように背中の線をなぞられた。

「ごめん。あと三十秒だけ」

安心させるためなのか、耳もとに囁かれる——かすれた低い声。

先ほどよりも体温が高かった。きつく抱きしめられているうちに、真帆の心臓の鼓動が聞こえてくるようだった。

かすかに口から漏れる満足そうな吐息から、真帆が自分を抱きしめていて心地よく感じていることが伝わってきて、胸が意味不明の早鐘をうつ。

……なんだ？　これ？

真帆の腕のなかにいると花の香りがするせいか、妙に甘ったるい雰囲気に飲み込まれそうになった。

とまどう一哉の心情を知ってか知らずか、きちんと数えたみたいに、真帆は律儀に三十秒後に腕を離した。

「——これで、今日は大丈夫だから」

「あ……そう」

無神経な言葉への仕返しなのか、それともほんとうに追加で充電したつもりなのか。

真帆の表情を窺《うかが》うと、一哉をよぶんに抱きしめたことで元気を補充したようにはとうてい見えなかった。眉をひそめた表情は先ほどよりも苦しげで、再び食器棚によりかかり、「はあ」と大きく嘆息する。

寝不足で疲れているというよりも、そのためいきの原因は一哉にあるような気がした。胸がちくりと疼《うず》く――なぜか罪悪感。

「じゃあな。倒れるなよ、真帆」

真帆が頷《うなず》くのを確認してから、一哉は足早にサンドイッチの皿を片手にキッチンを出ようとした。戸口で思わず足を止める。

なぜなら、いままで覗き見してましたといわんばかりに大きく目を見開いている花梨と、その後ろで申し訳なさそうに笑いながら立っている陽人の姿があったからだ。

グループ展が開催されているギャラリーに向かう車中は、妙な雰囲気につつまれていた。

真帆は主催者なので、午前中の早いうちにひとりで先に電車で行ってしまった。車を運転しているのは羽瀬、助手席に座っているのは花梨、後部座席には陽人と一哉が並んでいる。

朝とはまったくテンションが違っているのは、助手席の花梨だった。七歳児には相応《ふさわ》しくない物憂げな風情で窓の外を見やり、妙に沈み込んでいる。

「花梨、お腹でも痛いのか？」

心配した羽瀬の問いかけに、花梨はふるふると首を振る。

あのときキッチンのすぐ外にいたからといって、真帆に抱きしめられたところを見られたと決まったわけではないが、花梨の様子が明らかにおかしい。陽人は平然としているが、小学校一年生の少女がなにかを感づいたのなら、大人がなにも思わないはずがない。「真帆と抱きあってた?」と問われないうちはいいわけもできないので、ひたすら居心地が悪かった。

グループ展が開催されているギャラリーは、車で三十分ほどの距離にあった。ギャラリー自体はビルの二階にあり、一階はカフェになっていて、そこにも少し展示スペースがあるようだ。

ギャラリーへはカフェのなかにある白い螺旋《らせん》階段を通って行く造りになっている。華奢《きゃしゃ》な階段をあがって二階に辿《たど》り着くと、受付のところに真帆が立っていた。一緒にグループ展をやっている学生たちの姿も見える。

二階の展示スペースは想像していたよりも広くて、明るかった。ギャラリーに絵を見にくるのは初めての経験なので、物珍しくてあたりを見回してしまった。思っていたよりも立派なスペースなので感心する。

「真帆くん、きたよ」

花梨が声をかけると、真帆は「ああ」と応えてから、すっと目線を一哉にうつす。なにかいいたげに見えたので声をかけようとしたが、いきなり花梨に腕をぐいっと引っぱられた。ふたりで見つめあうのは許さない、とでもいいたげなタイミングだ。

「一哉くん、花梨と一緒に見ましょ」

ものすごい勢いに逆らうことができずに、一哉は仕方なく「あとで」と真帆に声をかけて、花梨に連れられていく。

展示スペースに入ると、真っ白い四方の壁には絵画が飾られており、中央には立体のオブジェが展示されていた。

「ほら、ここに真帆くんの絵が飾ってある」

真帆は三点ほど出展しているようだった。花梨と手をつないだまま、一哉はその絵を眺める。

「真帆くんの絵が好き」といった花梨の意見は、絵はよくわからないけれども本人が好きだからとりあえず誉めているといった類《たぐい》のお世辞では決してないのだろう。なぜなら、真帆の絵は本人と違って、意外にわかりやすい。どことなく少女趣味というか、女の子が好きそうな絵なのだ。

森崎《もりさき》真帆——と、名前が性別不明なこともあって、本人を知らないひとは十中八九作者が女性だと思うのだと陽人が教えてくれたことがある。男性から「あなたはきっと美しいひとです」とファンレターがきたこともあるらしい。陽人と羽瀬が爆笑する隣で、真帆は眉ひとつ動かさずにその手紙を読んでいたらしいが。

まだ無名の学生なのに真帆が画廊から早々に目をつけられているのは、女性に受けそうな作風、そして真帆自身のヴィジュアルが商品になりそうだと判断されているからだった。

白い花やクローバー、赤い水玉模様の毒キノコなど、真帆の絵には繰り返し同じモチーフが使われる。綺麗な絵本の挿絵の好きな場面だけ貼り合わせたコラージュのようだ。描く対象によって、油彩、アクリル、水彩、パステルと画材が混在しているので、その画面には奥行きがあって、クリアな色彩なのにカンバスの上で繰り広げられる御伽噺《おとぎばなし》の無言劇は限りなく明るく、そして暗い。

花梨は展示されているもののなかで一番大きな号数の絵を指差す。

「ね、この白い花のやつ、かわいい。綺麗だよね」

「うん、綺麗だな」

一哉は素直に感心して絵に見入った。男性から作者が女性だと勘違いされて、ファンレターがくるのも納得だった。家のなかでは真帆の絵がどういうものなのかよくわからなかったが、こうして鑑賞すべき場所に飾ってあると、それは誰の作品かということも忘れて、絵そのものが純粋に目を惹きつけた。

グループ展ということで、ほかの美大生の作品も展示してあるが、身内のひいきめだとしても、真帆のものが一番印象的だった。見ているうちにすうっと世界に吸い込まれるような引力がある。子どもの頃に見た絵本や、遠足で目にした花畑や、おもちゃ箱をひっくりかえしたような世界——ファンタジックなのにどこかなつかしいのは、子どもの頃に目にした原風景を感じるからかもしれない。漫画チックともいえるが、その表層にとどまらない深みがあった。絵が訴えかけるのではなく、絵のなかに引きずりこんでしまうなにか。

現代アートのことはよくわからないが、とにかく真帆の絵は目立つのだ。どちらかというと繊細で、それほど派手でもないのに、多くの作品のなかで、偽物のなかに紛れた唯一の本物みたいにすっと目のなかに入ってくる。

素直にすごいな、と思った。幼馴染みとしては誇らしい。こんなに才能があるっていうのに、普段の真帆ときたら……。

「憎らしいだろ? あいつは中身がどんなにマイペースで我儘《わがまま》な子どものままでも、生きていけるんだよ。お絵描きが上手だからね」

いつのまにか陽人が隣に立って、同じ絵を眺めていた。飄々《ひょうひょう》とした口調のなかに、かすかに感じる皮肉。

「憎らしいっていうか、俺はすごいと思いますけど」

「一哉くんは真帆がいつまでも子どもの頃と同じようにかわいく見えちゃうフィルターかかってるからなぁ。実際のところは、真帆はすでに周囲に嫉妬《しっと》されまくりだけどね。目立つから。上手く立ち回れるタイプじゃないし、どっちかというとコミュ障だし。画廊なんかに声かけられちゃってると、プレッシャーもあるし」

「やっぱりあるんですか、そういうの」

「あるよ。だから、内面は変わってないのに、真帆は年くうごとにどんどん怖い顔になってるだろ。昔は中身はともかく見かけはあんなにかわいかったのに。周囲に武装するために、でかく身体が成長したのかもね」

それはいくらなんでもないだろう……と思うが、真帆にもいろいろと苦労があるのだとわかった。単純に自分の世界に閉じこもって、好きな絵を描いているだけではすまないのだ。グループ展の前に、もう少し気を遣ってやればよかったのかもしれないと後悔する。

「どうしたの？　真帆みたいなしかめっ面になって」

「あ……いや。真帆もいろいろ大変なんだなと思って。俺は真帆が絵を描いてるってこと、よく意味がわかってなかったから。制作中は少し気を遣ってやらなきゃいけないんだなって考えてたんです。俺、けっこう無神経だったかもしれない。真帆が昔と同じように親しくしてくれないって、ひとりで騒いでたし」

「あいつの無愛想な態度見てたら、誰だってそういう気分になるでしょ」

「だけど……俺は真帆を昔から知ってるのに。陽人さんのいうとおり、中身はまったく変わってないんですよ。だから、わかってもよかったのに」

そう、昔から真帆は変わっていない。自分から連絡を断ったうえに八年も会ってなかったのに、「いまも好きだ」といいきってしまうところも――思えば、そもそも子どもの頃に「カズくんと将来一緒に暮らしたい」といいだしたときも、こちらがあっけにとられるぐらい唐突だった。なんでそんなことをいいだしたのかよく理解できないままに、一哉は真帆を泣かせたくないばかりに約束の指切りをさせられたのだ。

　正直、いまでも真帆の思考回路はよくわからない。だけど、よくわからない思考回路をしていることは知っている。

「ふうん。一哉くんて、ほんとに真帆の理解者なんだね。理想的だなあ」

「なにがです?」

「いや、あいつの周りにはすでにいろんな思惑でひとが近づいてくるからさ。そうやって純粋に真帆のことを思いやってくれる子って貴重だから。あいつはぼーっとしてるからねえ」

　陽人はちらりと受付の真帆を見やった。

　美大生のグループ展にどれだけの集客力があるのかわからないが、ギャラリーにはそれなりにひとが訪れていた。いかにも同じ美大生といった若い年代、それ以外の客層もちらほらと見える。当の真帆も、先ほどから何人かに声をかけられてあいさつをしている。今朝の「充電」がきいているわけではないだろうが、寝不足のわりにはいい顔をしていた。

　真帆の周囲を見ているうちに、陽人がいっている意味がなんとなくわかった。主催の学生はほかにもたくさんいるのに、いかにも大人の事情が絡んでいますといった風情の来客があるのは真帆ひとりなのだ。ほかの客のほとんどが友達や顔見知りなので、まるで雰囲気が違うのが伝わってくる。画廊の人間や、その関係者なのだろうか。その様子だけ見ても、たしかに真帆だけが周囲から浮いている。

　やがて、真帆と話していたうちのひとりが、「あ」と知り合いを見つけた顔をして、展示スペースへとつかつかと歩いてくる。

「陽人くん、きてたんだ」

陽人に声をかけてきたのは、すらりと背の高い女性だった。セミロングのヘアスタイル、白いカットソーにジャケット、パンツ姿といった出で立ちだ。シンプルな服装だったが、薄化粧とともに目鼻立ちのはっきりとした美人の彼女には似合っていた。

「おう。そっちは昨日もきてたって聞いたけど、連日ご苦労なことで」

「そう、真帆をくどいてたんだけど」

背が高くて女子校にいたら騒がれそうな彼女には、ハスキーな声がよく似合っていた。

女性はまずは花梨に「あら、花梨ちゃんも一緒ね、こんにちは」と目線を移した。花梨は「こんにちは」と応えたものの、どこかふてくされたような顔になる。

離れたところにいた羽瀬も近づいてきて、「清香《さやか》、きてたのか」と声をかける。どうやらみんなと親しいようだ。

女性は一哉に目を留めて、「紹介して」と陽人をつつく。「賭けよう」「いやだよ」「このあいだ負けたから?」と小声ですばやく話しあうのが聞こえたが、いったいなんのことなのかわからなかった。

陽人はなぜか清香を睨んで、「えーと」と咳払いしてから一哉に向き直った。

「一哉くん。うるさいから紹介しとく。遠藤《えんどう》清香さんだよ。真帆のストーカー」

「いやだ。誤解されるでしょ。仕事でね。ギャラリーに勤めてるんです。遠藤です。よろしく」

「……篠田《しのだ》一哉です」

名刺を差しだされて、一哉は恐縮しながら受け取った。清香はさりげなく上から下まで一哉を観察するように見る。

「美大のお友達、じゃないわよね？　雰囲気違うもの。ひょっとして、新しい同居人かしら。真帆が運命の再会を果たしたっていう幼馴染みくん？　偶然、家の前で出会って、真帆が喜びに打ち震えて声をかけようとしたら、自分が誰だかわかってくれずにダッシュで逃げられたっていう笑い話の」

なぜ、そんなことを知っているのか。いったいどういう経緯で伝わっているんだと思いながら隣の陽人を見ると、「ほんとのことだろ」と笑っていた。

「わたしが一哉くんの前の住人なの。今年の春前まで、羽瀬くんのおうちにお世話になってたから」

「ああ……友人て、女のひとだったんですか」

一哉が驚くと、陽人と羽瀬の表情がかすかにゆがんだ。

男三人のなかに女性がひとり——男女一緒に住んでいるシェアハウスというのもアリだろうが、陽人と羽瀬はともかく、真帆が女性と暮らしていたというのが意外だった。

ひょっとして陽人か羽瀬か、どちらの彼女だったとかでワケアリなのか——と不自然な空気の理由を察する。

「どっちかの彼女さんですか？」

無神経な振りをしてズバリと訊《き》いてみたら、陽人も羽瀬もそろってすばやく「まさか」と首を振る。

微妙な表情のふたりとは対照的に、清香は「いやだ、もう、そんな関係じゃないわよう」とうれしそうに否定し、にっこりと満面の笑みを浮かべた。

「一哉くんが家に引っ越してきてから、真帆が生き生きとしてるんですってね。生気あふれる真帆なんて想像もできなかったから、陽人くんから聞いてびっくりしてたの。でも、たしかに今日は顔色いいみたい。前の展覧会のときは連日徹夜で描いて、会期中は死体のような顔でぼーっと突っ立ってたんだけどね、今日は一応人間らしくしゃべってたもの」

清香が声をたてて笑っていると、受付にいたはずの真帆が苦虫を噛《か》みつぶしたような顔をして近づいてきた。

「なんで俺がいるってわかってるのに、俺の噂をするんだ」

「あら、聞こえてた？　慎み深く話してたから、聞こえないかと思った」

「声でかいんだよ」

「相変わらずかわいくないね」

「そっちはうるさい」

真帆が女性に対して乱暴な口をきくのは珍しかった。こうやって自然に振る舞うのは、花梨に対してもそうだが、ある程度気を許しているからだ。やはり一緒に暮らしていただけあって親しいらしい。従兄弟《いとこ》の陽人や、その友人の羽瀬ならともかく、大人で快活そうな女性と真帆が仲良くしているところなんて、もっとも想像しにくいのに。

「一哉くんも、こんな気難しい男の相手は大変でしょ？　陽人くんなんて、あなたにお守《も》りを押しつけてるんじゃない？」

「あ……いえ、真帆のことは昔からよく知ってるから」

「ああ、そうよね。幼馴染みですもんね。それにしても、噂の幼馴染みくんがこんなにかわいいとは思わなかったなあ。びっくり」

陽人や羽瀬に「かわいい」といわれても一ミリも動じないが、さすがに年上の美人に微笑みかけられながら「かわいい」といわれると、妙にくすぐったいものがある。

一哉が照れてうつむきかけたところ、そばにいた花梨がぎゅっと痛いくらいに手を握って引っぱってきた。

「一哉くん、花梨、のど渇いた。疲れたし、下のカフェでお茶飲みたい」

「え？」

いきなりの訴えに目を丸くしていると、羽瀬が助け舟とばかりに笑顔で近づいてくる。

「花梨、もう疲れたのか？　じゃあ俺と一緒に行こうか。一哉くんはまだゆっくり見たいだろうし、みんなと話もあるから」

「やだ、一哉くんがいいの。お兄ちゃんじゃ駄目だから」

気をきかせて声をかけてくれたのだろうに、羽瀬の好意は妹の無慈悲な声に砕け散った。ショックを受けている羽瀬に、清香が笑いかける。

「羽瀬くん、花梨ちゃんももう、お兄ちゃんよりも、若い男の子のほうがいいって。残念ね、もうちょっと上の世代のほうがあなたの魅力はわかるわよ」

「的確なアドバイスありがとうっていえばいいか。それとも俺の傷口に塩塗り込んでんのか」

「絡むなあ。わたしは羽瀬くんがいい男だってことはよく知ってるから」

清香がにっこりと笑顔になるたびに、花梨の眉間《みけん》の皺《しわ》が深くなる。「一哉くん、行こ」と腕を強引につかまれて、「じゃあ、ちょっと下に行ってきます」と一哉は花梨の隣に並んで歩きだす。

「花梨ー、もう真帆から一哉くんに目移りか？」

背後から陽人に声をかけられて、花梨は振り返って「そんなんじゃないもんっ」と舌をだす。

では、なぜ自分がお茶のお供に選ばれるのか。大好きな真帆でも、兄の羽瀬でも、仲が良さそうな陽人でもなく？

「……らい」

螺旋階段を下りているうちに、ふいに一哉の手をぎゅっと握りしめている花梨の手に再び力が込められた。

「え？」

「花梨、清香くん大嫌い」

小さな唇が尖《とが》って、憎々しげに呟く。背後からはオドロオドロしい情念の炎が燃え上がっているかのようだった。対抗心丸出しの勝ち気そうな瞳を見て、こんなに小さくても女は女だ——と一哉はおののいた。

……が。

「え？　……清香くん？」

花梨は「しまった」というように口を手でおおう。

「あ、清香さん……。あのひと、自分のことを時々『俺』とか『僕』とかいうの。だから、つい花梨も間違えちゃうのよ」

「……へえ」

僕女とか俺女とかいうやつか——と無理やり納得しようとしたものの、妙に引っかかった。まさか……と思いつつも、あえて突き詰めて考えることをしなかったのは、頭が痛くなりそうだったからだ。

気をとりなおして階下のカフェに下りると、窓際の席が運良く空いていたので、ふたりで向かい合わせに座る。

「なに飲む？　花梨ちゃん。お腹すいてないか？　デザートとかあるけど」

「いらない。食べる気しないもの。カフェラテでいい」

「コーヒー飲めるの？　俺はココアにしようかな……」

一哉がメニューをめくりはじめると、花梨は意外そうに目を見開いた。

「ココアなんて飲むの？」

「……え、ココアってそんなに意外なの？　俺は甘党なので」

つい最近、陽人とも同じようなやりとりがあったのを思い出した。いままですねていたような花梨の表情がふっと「子どもね」とでもいいたげに綻《ほころ》んだ。

「一哉くんがココアなら、わたしも同じココアにしてあげてもいいわ」

「デザートは？　俺はこのチョコデザートの三種盛り合わせって、食べてみようかな」

「ココアもチョコなのに、チョコとチョコってセンスなさすぎじゃない？」

年の離れた兄にいつもちやほやされているせいか、初対面の一哉に対してもまったく遠慮も容赦もない。こめかみがピクピクとひきつったが、さらりと聞き流した。

「じゃ、苺《いちご》のにしようか。同じもの頼んでもつまらないから、もうひと皿はアップルパイとキャラメルの三種の盛り合わせにする？」

「それでいいわ。花梨、ちょっとずつしか食べないから」

これが自分の弟だったら、「生意気なことをいうな」と額をこづいてやるところなのだが……。羽瀬さん、ちょっと甘やかしすぎじゃないかと思う。

しかし、オーダーしたものがくると、花梨は「わあ、おいしそう」と目を輝かせて盛り合わせのデザートに次から次へとフォークを伸ばす。一見遠慮のない振る舞いのようだが、「これ、食べていい？」とお伺いをたてる目線はなかなかかわいらしかった。

しばらくご機嫌な顔でデザートをつついていたが、ひととおり食べ終わったあとで、花梨は螺旋階段のほうを向いて、しかめっ面になる。ちょうど清香が下りてくるところだった。一哉たちを見つけると、手を振って出ていく。どうやら電話が入ったらしく、カフェの外にでて携帯を手に話している姿が見えた。

「花梨ちゃんは遠藤清香さんのこと、なんで嫌いなの？」

「アレは魔性なの。清香さんがあの家を出てくれて、花梨はほっとしたわ。でなきゃ、大変なことになってたもの。お兄ちゃんも、陽人くんも真帆くんも、みんなあのひとに手玉にとられてるのよ」

魔性——先ほど「清香くん」と呼んだことがやはり気になる。

「ほんとに？　でも……いまも、みんなと親しそうだけど。陽人さんなんか、俺のことまで話してたみたいだし」

「それはみんな大人だもの。表面上はことを荒立てたりしないわ。そうでしょ？」

七歳の少女に諭すようにいわれて、もうすぐ二十歳になる一哉は「そうだね」と苦笑するしかなかった。

「清香さんは昔、たぶんお兄ちゃんとつきあってたんじゃないかと思うの。で、陽人くんともわけありで……去年からは真帆くんにべたべたしはじめた。あのひと、誰とでも親しくなるのよ。油断ならないの。最終的には真帆くんを狙ってるんだと思うわ」

清香が真帆を――？

陽人が以前、前の住人も真帆が朝に目覚まし時計を鳴らしても起きないから、部屋に起こしにいっていたと話していた。つまり清香が真帆の部屋に入って、目覚まし時計を止めていたのか。起こしても、なかなか起きない真帆の寝顔を、清香は見ていたわけで……。

「ショックだった？　一哉くんは、真帆くんと同性愛の関係なんでしょう？」

ココアを口から噴きこぼしそうになってむせる一哉を見て、花梨は「いやあね」と眉をひそめた。

「隠さなくても、花梨は前から知ってる。将来を誓いあった幼馴染みがいるって話は、真帆くんから聞いてるから。それに今朝、真帆くんと抱き合っていたでしょう？　初めて男の子同士のそういう場面目撃したからちょっとショックだったけど、花梨はもう大丈夫」

「花梨ちゃん、あれはね……」

「いいのよ。年齢的に、まだ花梨は真帆くんの恋人にはなれないから。真帆くんが人生の経験を積み重ねるためにも、誰かと恋愛したほうがいいんだわ。清香くんよりも一哉くんのほうが相手としてはふさわしいもの。花梨は幼馴染み属性が好きなの。それに、女よりも女らしくて綺麗な清香くんが単純にいやなの。アレは花梨のライバルだもの」

またもや「清香くん」と呼んでいるのはどういうわけなんだろう。「女よりも女らしい」という表現も気になったが、やはりややこしそうなので聞こえないふりをする。いつまでも逃避できるものでもないのだが。

……真帆も変わっているが、真帆を好きなこの女の子も相当変わっている。

「あのさ、花梨ちゃんって、真帆のどこが好きなの？　前は陽人さんが好きだったって聞いたけど」

「陽人くんは誰にでもやさしいし、花梨ひとりが特別じゃないんだもの」

花梨はおもしろくなさそうに唇を尖らせたあと、ふっと照れるように目を伏せた。

「真帆くんのことはね、最初、とっても苦手だったの。カッコいいけど、笑わないし、花梨とはしゃべらないし。でもね……花梨、ビーズ細工が大好きだって話をお兄ちゃんや陽人くんにしたことがあったのね。そしたら、真帆くんが話を聞いていたのか、しばらくしてから突然花梨にビーズ細工をくれたの。学祭で、友達が作ってたやつを買ったんだって。それまで仲良くしてたならともかく、いつも花梨のことなんか空気のように無視してるひとだと思ってたのに、いきなり『これ』って花梨の手にビーズ細工を落としたの。なんでしゃべったこともないのに、突然？　って思ったけど、それがすごいかわいいキラキラのお花のかたちのビーズ細工だったから、思わず『かわいい』っていったら、『そうだろ』ってそのとき初めて少し笑ってくれて。……それで好きになったの」

しゃべったこともないのに、突然ビーズ細工をプレゼント？　少し笑ってくれたから好きになった？　おい、どこの少女漫画だ？

おそらく真帆の容姿が夢見る少女好みに整っていてストライクゾーンだったからよかったものの、違う男が同じ行動をとったらかなり不気味なのではないだろうか。……絶対にどん引きされる。

「真帆くんもきっと花梨と仲良くなるタイミングをさがしていたのよね。シャイだから、しゃべれなかっただけで」

「そっか……それがきっかけなんだ」

嫌われているのかと思ったら、いきなり他のひとよりもあきらかに大きく切り分けられたシフォンケーキの皿を目の前に置かれたときの一哉と同じような心境なのかもしれない。一哉にとってはトキメキよりも、とまどいのほうが大きかったが。

「……真帆っておそろしいほどに繊細なんだな」

花梨は難しい顔つきで「そう、繊細なのよ」と頷く。

どうして七歳の少女と二十歳になろうかという男のことをしみじみ語らなくてはならないの

か。……一哉は頭をかかえたくなる。

それにしても、清香が真帆を狙ってるというのはほんとうだろうか。

花梨の言動がいろいろあやしすぎるのでにわかには信じられなかった。なぜなら、清香の性別はもしかしたら……。

「仲いいね。悪巧みの相談?」

深刻な顔つきで向かい合うふたりの様子がおかしかったからか、陽人がからかうように笑いを含んだ声をかけてきた。


その日は外で早めに夕食をとったあと、羽瀬は花梨を送っていくために車で実家に戻った。そのまま泊まるというので、家に帰ってきたのは一哉と陽人のふたりきりだった。真帆も仲間と飲んでくるので帰りは遅いらしく、もしかしたら友達のうちに泊まってくるかもしれないとのことだった。

「一哉くん、コーヒー飲む?」

すぐに自室に行こうとしたら、陽人に声をかけられた。一哉は一瞬身構えたあと、「いただきます」と居間のソファに腰を下ろした。

てっきり朝のキッチンでの出来事をあれこれ追及されるかと思っていたのに、陽人はなぜかふれてこない。花梨があの調子だったのだから、陽人も一哉が真帆に抱きしめられたところは目撃しているはずなのに、却って不気味だった。

いつその件を切り出されるのかと落ち着かないまま、一哉はコーヒーに口をつける。

「羽瀬さんの実家って、近いんですか」

「車で十五分ぐらいかな」

それだけしか離れていないのか。父親の会社で働いていて、関係も良好そうなのに、どうして羽瀬はこの家で暮らしているのか。

「この家にもともと羽瀬さんの家族も一緒に暮らしてたんですよね」

「昔はね。あっちの家のほうが新しいから。お父さんが再婚したときに、新築したんだ。で、羽瀬だけが古い家に残ったわけ。羽瀬のお義母《かあ》さんも、まだ若いんだよね。羽瀬よりも七歳上ぐらいかな。再婚当初は羽瀬も複雑だったから、新しい家に一緒にいかなかったんだろうけど。もうすでに大学生だったしね。花梨が物心ついて、なつくようになってからは羽瀬の態度でわかるだろうけど、ほのぼの家族だよ」

「花梨ちゃんをかわいがってますもんね」

「そう。結婚もしてないのに、妹相手にパパみたいな気分になってるから、どうするんだよって感じだよ。花梨はわがまま放題だし。羽瀬は女運ないんだよね。なにせ、お義母さんて、羽瀬がちょっと憧れてたひとだから」

「え、そうなんですか?」

メロドラマ的な展開に驚く。いつもすました風情の羽瀬がまさかそんな過去を背負っていたとは。

「悲惨だろ? 大学のとき、やつが素敵だなーって思ってた講師のひとなんだよね。まあ、うっすらと憧れてた程度なんだけど。仕事の関係で羽瀬パパと知り合っちゃって。『今度紹介したいひとがいる』ってパパから呼び出されて会いにいったら憧れのひとがいてびっくり、みたいな」

「それは……」

悲惨というか、トラウマというか——しかも、父親と結婚してしまったら、永久に現在進行形で癒えない傷ではないか。

「あいつ、男前だし、家も金持ちだし、仕事もできるし、普通にいいやつなんだけど、ほんとに運がないんだよね」

陽人にしみじみといわれてしまうと、よけいに羽瀬の不運さが強調されるようで気の毒だった。

「学生の頃から、陽人さんはずっとここに住んでるんですか?」

「うん。羽瀬パパが再婚したのが、大学二年のときだから、それからかな。羽瀬があまりにもかわいそうな状況で、ひとりでぽつんとこの家に取り残されてるから、俺がきてやったの。羽瀬も俺も、真帆と同じ美大の卒業生なんだよ。俺たちは建築科なんだけど」

ふいに遠藤清香の顔が思い浮かんだ。ギャラリーに勤めているといっていたから、おそらく同じ美大なのだろう。

「グループ展にきてた清香さんて、ここに住んでたんですよね？　羽瀬さんとつきあってたって、ほんとですか？　花梨ちゃんがいってたけど」

「ええ？　そりゃ花梨の妄想だよ。だいたい清香は――」

そこでいったん言葉を止めて、陽人は意味ありげに一哉を見る。

「一哉くん、あいつ見て、なにか感じなかった？」

「……」

いやな間があいた。花梨の言動からおおよそ予測していたとはいえ、さすがに口許がひきつる。

「もしかして、男性なんですか？」

「あ。なんだ、ほんとはわかってたの？　だまされたのかと思った」

陽人は「よし、勝った」と拳をにぎりしめて笑顔を見せる。

どうやら陽人と清香がこそこそと話していた「賭けるか」は「男だとバレるか賭けるか」という意味だったらしい。

「花梨ちゃんがボロだしたんです。『清香くん』って呼んだんだから。でなきゃすぐには気づかなかったですよ。あのひとに『かわいい』っていわれたとき、俺はちょっと照れたのに。どうしてくれるんですか」

陽人は愉快そうに声をたてて笑った。

「なんだ、一哉くんもそういうとこは普通の男の子なんだね。大丈夫、そりゃ羽瀬と同じだから。あいつも学生のときにしばらく清香を女だと思ってたんだよね。ちょっとだけ『好みだな』とのぼせちゃったもんだから、いまでも話のネタにされてるよ。だから、あいつはほんとに女運ないの」

「運がない」は、そこにも引っかかるのか。お気の毒に、というしかない。

「清香って本名なんですか？　名刺もらったけど」

「本名だよ。あいつんちの兄ちゃんは静香《しずか》だし。母親の趣味らしいんだよね。男の子ふたりでつまらんから、女顔の弟に女装させたっていう。真帆も一歩間違えたら、ああなってたかもな。背がでかくなって、おばさんを失望させてよかった」

もし真帆が昔みたいだったら――と思っていたはずなのに、実際に清香を見てしまうと、いまの無愛想面の男でよかったと考えてしまう。

それにしても花梨のいってた「魔性」とはだいぶ話が違うではないか。男ふたりに女ひとりの複雑な関係かと思ったら、要するに学生時代からの野郎三人組だ。

「清香さんはどうして真帆のストーカーなんですか?」

「清香の勤務先のオーナーが、留学資金だして育ててもいいってぐらい真帆を気に入ってるんだよ。無名のうちから投資しておいて、コンクールで賞とらせて、専属契約結びたいんだよね。だから、しょっちゅうまとわりついてる。それに清香は仕事の面だけじゃなくて、真帆を全面的にプロデュースしたいんだよね。最終的には私生活も含めたパートナーになりたいんじゃないかな。好みの男だから」

一足飛びに『パートナー』という言葉をだされて、一哉は目を白黒させた。

「そういう趣味のひとなんですか?」

「うん。一哉くん、そういうの偏見ある?」

「あ、いや……」

偏見はない。しかし、真帆に告白されて、男同士ってどうなんだろうという悩みの渦中にいる人間としては複雑だった。

「そうだよね。あるはずないよな。今朝、一哉くんは真帆に熱烈に抱擁されてたもんな」

「え」と固まる一哉を前にして、陽人はにっと笑うと、このときを待っていたとばかりに目を輝かせた。

「一哉くん、おとなしい子が好きなんだよね。真帆もまあ、デカイ図体してるけど、性格はおとなしいっていえばおとなしいし。自分勝手なくせにナイーブ野郎で少女趣味だからね」

やはり朝の抱擁を目撃していたのか。油断していたらいきなり首にナイフをつきつけられたようでおもしろくなくて、一哉はむっと陽人を睨みつける。

「……あれは真帆が寝不足だっていって、倒れ込んできただけです」

陽人は「ふうん、そうなんだ」といいながらもまったく信じてなさそうだった。

「……だけど、意外だったな。俺は最低でもあと半年くらいは真帆が『好きなんだけど、素直になれない』って子どもじみた態度とって、きみにツンケンするかと思ってたんだけどね。やっぱりひとつ屋根の下で我慢できなかったのかな」

今朝の抱擁を見て驚いたわけではなく、こうなるのを予期していたといわんばかりのくちぶりに、一哉の顔がこわばる。

「……知ってたんですか？」

「なにが？　真帆がきみを好きだってこと？　きみ以外は、みんな知ってるんじゃない？　前にもいったと思うけど、あいつはわかりやすいっていうか、露骨だろ？　ほかのやつには無関心なのに、きみにだけは好意を垂れ流しだし。まあ、シフォンケーキをきみの分だけ大きく切り分けて出してきたときには、あいつなりの冗談なのか、真面目にアピールしてるのか悩んだけど——やっぱり真剣に後者なんだろうなって、あとで羽瀬とふたりで話して大笑いだよ。純情っつーか、馬鹿っていうか。あいつ、どんなに見た目が格好良くても、結局不思議ちゃんだからねえ」

　陽人と羽瀬が爆笑している光景が容易に想像できて、一哉は頭が痛くなりそうだった。一緒に住んでいて、真帆が不自然なほどに陽人たちと距離をおいている気持ちがなんとなく理解できる。

「知ってたなら、なんで俺にここで暮らさないかって誘ったんです？」

「むしろ知ってたから、誘ったんだよ。いいじゃない。真帆に好かれても、べつに不都合ないだろ？　一哉くんも真帆と仲良くしたいっていってたことだし。きみたち、子どもの頃、将来の約束したんだろ？」

　幼い頃の約束まで知られているらしいことに絶句する。いくら血縁とはいえ、なんでそんなことまで知ってるのか。

「真帆から聞いたんですか？」

「昔ね。……だから、俺はきみと真帆との仲には責任を感じてるんだよね。真帆はきみが引っ越してから、しばらくして連絡断ったんだろ？　それって、間違いなく俺のせいだからさ」

「え？」

　どうして連絡を断ってしまったのか、一哉は真帆からいまだにその理由を聞いていない。

「いったいなにをしたんです？」

　凄味《すごみ》をきかせてたずねる一哉を見て、陽人はわざとらしくためいきをついた。

「そんなに悪人を見るような顔しないでよ。俺がつまらないことで真帆をからかったからなんだよね。まさかそんなに傷つくとは思ってなかったからさ。あいつが中学に入って、背が伸びはじめたとき……」

「——ただいま」

突然、真帆が居間の戸口に現れた。話を遮る絶妙なタイミングに、一哉も陽人もそろって目を丸くする。

「あれ、真帆？　帰ってきたんだ。おかえり。全然、音しなかったな。ひょっとして、立ち聞きでもしてた？」

真帆は物騒な顔つきで陽人をじろりと睨みつけると、つかつかと中に入ってきて、「おかえり」といいかける一哉の前に仁王立ちになる。

「——話がある」

いきなり腕をつかまれ、ソファから立ち上がらせられた。妙な迫力に圧倒されて、「え、ちょっと」ととまどいながらも腕をぐいぐい引っぱられていいなりになるしかなかった。陽人は救ってくれるどころか、薄情にも「一哉くん、話はまたね」と手を振っている。

居間を出て、二階の真帆の部屋へと連れていかれた。腕をつかむ力が半端なく強くて、引きずられていったという表現のほうが正しい。

「……真帆？　ちょっと離せよ。話なら聞くから」

訴えると、すぐにぱっと手を離してくれた。「あれ」と拍子抜けする。

真帆は部屋に入ると上着を脱ぎ、今朝よりも疲れきった様子で床にどっかりと座り込み、硬直した横顔を見せて黙り込む。

……なにかいえよ、気まずいだろ。

話があるといったくせに、しばらく待っても黙ったままなので、一哉は仕方なく真帆の隣に腰を下ろす。腕には手形がついているんじゃないかというくらい、つかまれたときの感触がまだ残っていた。無理やり部屋に引きずり込まれて、なんでこちらが気を遣わなきゃならないのか。

「真帆……今日は遅くなるか、友達のとこに泊まってくるって聞いたのに、帰ってきたんだな」

「——花梨からメールがきた。今日はお兄ちゃんも一緒におうちに帰ってきて泊まるって。一哉と陽人がふたりきりになるから、急いで帰ってきた」

「なんで？」

「陽人は一哉を気に入ってるみたいだから、なにかされるかもしれないだろ。あいつは一哉を『かわいい』ってよくいってるし」

真顔で告げられて、「は？」と目が点になる。

「俺が陽人さんになにをされるって？　あのひと、誰にでもそういう態度じゃないか。花梨ちゃんにも、それが調子いいって心変わりされたらしいけど？」

「とにかくふたりきりのときに力ずくで行動を起こされたら、どうにもならない。あいつは鬼なんだから」

話が通じない。真帆は一哉の返答など耳に入っていないようだった。

「だから……なんでなにかされるのがあたりまえみたいになってるんだよ。陽人さんが俺に襲いかかるとは思えないし、俺はそんなにか弱くない。そりゃたしかにこの家のみんなは背がでかくて、俺が一番小さいのかもしれないけど、それでも標準以上なんだからな。このあいだ真帆にキスされたときだって、油断してただけだ。俺が子どもの頃に合気道の道場通ってたの、知ってるだろ?」

ここでようやく会話が通じたらしく、真帆は一哉をいぶかるように見る。

「でも合気道に寝技はないだろ。立ち技ばっかりで、倒されたらおしまいじゃないか。そもそも他の武道と違って実戦的じゃない」

……妙な知識だけはありやがる。

「だとしても、相手にダメージ与えないように、軽くいなして逃げることはできるの。護身の基本だろ。合気道の道場いくまえは空手だって少し習ってたし。だいたいなんで真帆は合気道のこと知ってるんだよ。立ち技ばっかりとか。格闘技とか、嫌いだろ?」

「子どもの頃、一哉が習ってて、型を見せてくれただろ? だからどういうものなのかって調べたんだ。危なくないのかな、怪我しないのかなって気になったから」

そのせいで詳しい？　一哉が危ないことをしてないかどうか気になったから？　昔、型を見せたときにほめてくれたのは覚えているが、そんなことを考えていたのか。それって……。

男同士でふたりきりになって危ないという発想はいまいち理解できないが、真帆がいつでも本気で一哉を心配しているのは伝わってきて、妙に照れくさくなった。

「変なことに気を回して、急いで帰ってくる必要なかったのに。せっかく友達と飲んでたんだろ？　俺がつきあいの邪魔したみたいだな」

「ほんとの打ち上げは明日だし。一哉のせいじゃない。あいつが悪い」

「陽人さん？　それも濡《ぬ》れ衣だって。あのひとはみんなにああいう調子で、俺のことなんかべつに意識してないだろ。ひとをからかうのが大好きってだけで」

「………」

真帆の表情はひどく刺々《とげとげ》しい。真帆のなかで陽人はどうしてそんなに極悪人なのか。立ち入っていいのか迷いながら、一哉は「えーと」と額をかく。

「真帆と陽人さんて、仲悪いの？　ちょっと変なところあるよな」

真帆はかすかに表情をゆがめた。しばらく考えるように黙り込んでから、ゆっくりと口を開く。

「──子どものとき、陽人がしばらく家にいたことがあるんだ。おばさんの家の改築工事で半年ぐらい」

「うん。覚えてる。陽人さん、高校生だったよな」

「親が留守のときに、あいつは家に友達を連れてきた。それはべつにいいんだけど、普通の友達じゃなかった。向こうは普通の友達のつもりだったんだろうけど、陽人にとっては違ったらしくて――」

そこでいったん言葉を切って、真帆は「はあっ」と大きなためいきをついてうなだれる。

「なんだよ、途中でやめるなよ」

「……向こうはそんなつもりじゃなかったんだろうけど、陽人はそういうつもりだったらしくて、そういう行為に及んでた。自分よりも大柄な相手だったけど平気みたいで……かなり無理矢理に。いつもニコニコ笑ってるけど、あいつはほんとに鬼だと思った。それまでは普通に俺にとって兄貴みたいなものだったんだけど――あれ以来」

そこで不快の頂点に達したとばかりに真帆は眉をひそめた。

「――トラウマになった」

絶望に満ちた呟きを聞いて、それ以上の詳細を聞くのはためらわれたが、怖いものみたさで質問せずにはいられない。

「え？　自分よりも大柄って、友達って男？　陽人さんてそっちのひとなの？　で、上になるひと？」

真帆は「もう話したくない」と答えると、そのまま後ろのベッドによりかかってぐったりとなった。疲れきったように目を閉じる。

微妙な年頃で、兄のような存在である陽人の意外な一面を見てしまったから、反発も大きいのだろう。真帆が陽人に対していつも険のある態度をとるのはそのせいなのか。

だからふたりきりになると、一哉も同じ目に遭うかもしれないと帰ってきたわけで……。

事情を知っても、男が男に襲いかかるなんて状況はそうそうないと思うのだが、真帆の脳内ではトラウマのせいで充分ありえるのだろう。真帆なりに懸命に一哉の身を案じてくれたわけだ。

「真帆、心配してくれてありがとな。……今日、グループ展見に行ったけど、すごくよかったよ。花梨ちゃんも好きだっていってたけど、俺も好きだな、真帆の絵。なんていうか、自分の部屋に飾りたい感じ」

「…………」

お礼のつもりで絵をほめてみると、死体のようにぐったりとなっていた真帆が目を開いて反応した。

上体を起こして、珍しく自分から距離を詰めてくる。吐息がふれそうなところまで近づいてきて、きわどいところで静止する。むっつりと目をそらすときの真帆はまだわかりやすいが、こうしてじっと見つめてくるときの真帆はなにを考えているのか謎だった。

「――充電」

ぼそりと呟かれて、「え」と肩の力が抜ける。

「今朝、充電させてもらったから、寝不足だったけどなんとかなった。悪かったな」

「あ、いや……役にたててよかった。真帆……明日、まだ一日あるんだろ？　今日は早く寝たら？　俺はもう自分の部屋に行くから」

目をそらされると追いたくなるのに、こうしてじっと凝視されていると逃げたくなるのはなぜだろう。立ち上がろうとしたら、真帆がいきなり腕をつかんできた。

「――もう少しここにいてくれ」

珍しく懇願するように見つめられて、一哉はとまどいながら座り直す。かすかにアルコールのにおいがした。まったく酔っているようには見えないが、そういえば友達と飲んでいたところを抜けてきたのだと思いだす。

真帆はすぐにうつむくと、腕をつかんでしまったいいわけのようにぼそぼそと言葉を押しだした。

「……ほんとは苦手なんだ。グループ展とか、ああいう場でひとにあいさつしたりとか。でも今日は……あまりそういうこと感じなかったから。明日もまだあるし……一哉がいると落ち着くから」

普段の態度を見ていればきっとそうなんだろうと容易に予想はつくが、真帆が弱みめいたことを口にするのが意外だった。本音なんて漏らしそうもないタイプなのに。よほど切羽詰まっているのか。

自分がそばにいて気持ちが落ち着くというのなら協力するのはやぶさかではないけれども……。

自然とからだを寄せる体勢になって、再び至近距離からの視線をまともに受け止める。

真帆は静かに一哉の肩に額をのせるように倒れ込んできた。吐息がこめかみのあたりをくすぐる。一瞬、「え」とぎょっとしたけれども、真帆はそのまま電池でも切れたみたいにじっと動かない。

「……なんだよ、もしかしてまた充電でもするつもりなのか？」

「…………」

返事の代わりに腕を背中に回されて、ぎゅっと抱きしめられる。抱擁されて安堵するというのも変な話だが、朝と同じ状態だとわかると自然に肩の力が抜けてしまった。

こうして真帆の腕のなかにいると、じわじわと相手の熱が伝わってくる。なつかしい匂いだから、不快ではない。ぬくもりは心地いいくらいで……だけど、昔とはまったく違う意味をもっているのかと思うと、扱いに困るのも事実だった。

「なあ……ひとつ聞いてもいい？　真帆は……俺のこと、こうやって抱きしめてて抵抗ないのか？　気持ち悪かったりしない？」

「……気持ち悪かったら、こんなことするわけないだろ」

「そうだけど。俺だって成長したろ？　女の子みたいってわけじゃないし」

「そんなの求めてない」

じゃあなにを求めてるんだよ、といいたくなる。

「真帆は俺のこと……友達として仲良くするだけじゃダメなのか？　俺も仲良くしたいよ。真帆と過ごすのは好きだし、いまは一緒に暮らせて、ほんとにうれしいし」

あの告白自体、真帆は幼い頃の気持ちを変に引きずっているだけではないかと思えるのだ。

「無理だ」とこちらからことわるよりも、真帆のほうから「やっぱり恋愛感情ではなかった」といってもらいたい。できれば、一哉としても幼馴染みを振るのは避けたいのだ。この先も友達づきあいはしたいのだから。

真帆は少し考えるように黙り込んでから、おもむろに口を開いた。

「友達として普通に仲いいだけだったら、俺以外のやつが一哉にさわるだろ。恋愛したら、俺よりも親密な相手ができるだろ。精神的にはともかく肉体的には友達よりも恋人のほうが密着する。どっちが上かって比べられないかもしれないけど、物理的には」

「……」

「――それがいやだ」

とりあえず多くくっついていられるのは恋人のほうだから、友達よりも恋人のほうがいいというように聞こえた。それは恋愛といえるのか？

「真帆は……なんていうか、俺を独占したいだけなんじゃないのかな。ほら、子どもの頃って、仲のいい子を独り占めしたいっていう気持ちがあるだろ。あれの延長線っていうか」

「……それだけじゃない。俺は昔から周りがよく見えないところがあって、陽人とかにも子どもの頃から自分勝手だってよく罵《ののし》られてたんだ。だけど、一哉はうちに遊びにきても楽しそうにしてくれた。俺のそばでのんびりできるっていって眠ったりしてた。リラックスできるっていってくれただろ？　そんなふうに過ごせるのは一哉だけだったから……寝顔を見てて、ずっと一緒に暮らしたいって思って――」

子どもの頃、一哉が真帆の家で眠ったとき――目覚めると、いつのまにか真帆がちょこんと隣に座っていて、うれしそうに顔を覗き込んできたことを思い出す。

真帆は親から「おとなしくて友達がいない」と心配されていたが、本人はまったく気にしてないだろうと思っていた。だけど、真帆なりに自分の対人関係についてそれなりに考えるところはあったらしい。今日の真帆はアルコールの力を借りているせいなのか、普段より饒舌《じょうぜつ》だった。

当時、「一緒に暮らしたい」といったのは唐突に聞こえたが、将来まで考えたうえでの発言だったのか。「カズくん以外は無理だと思う」にも真帆なりの根拠があって……。

「――一哉」

ふいに耳もとにある真帆の唇から漏れる息が乱れた。

真帆は一哉の背中をゆっくりとさすって、少しからだを離すと、脇から前へと手を伸ばしてくる。シャツ越しに胸にふれられたが、なにをされているのか理解するのに時間がかかったので、反応が遅れた。

呆然《ぼうぜん》としている一哉の額に、真帆がキスをする。突然の接触に、頭のなかが真っ白になった。数秒間固まったあと、「うわっ」と腕を伸ばして真帆を思い切り突き飛ばす。

「なんだよ。もう充電と違うだろ、これ」

「――いやがってない」

「なにが」

「俺がさわっても、一哉はいやがってない」

殴られたようなショックがあった。たしかにいやじゃない。だけど、それは真帆の匂いと体温に子どもの頃から慣れているからで……。

「だからって俺は――」

真帆は先ほどと同じように一哉の胸にふれてから、その手を下ろして股間《こかん》に這《は》わせてきた。

「なにするんだよ」

表情ひとつ変えずに、ズボンの上からそれを揉《も》み込む真帆の手の動きは巧みだった。ジッパーを下げられて、下着のなかに指を入れられる。どう反応していいのか迷っていた一哉もさすがに抵抗を試みる。

「よせっ、馬鹿」

「——硬くなってるだろ」

嬲《なぶ》るというふうでもなく、真帆の口調はあくまで淡々としていた。煽《あお》るわけでもない低い囁きは、一哉の頬をカアッと火照《ほて》らせる。

なんで突然こんなに強引になるのか。

いきなりの豹変《ひょうへん》ぶりに驚愕《きょうがく》して、声もでなかった。真帆の手を押しのけようとしていた腕の力がすっと抜ける。ショックのあまり、完全にからだも思考も停止状態。

真帆はすかさず一哉の腕を後ろ手にひとつにして押さえつけた。片手で一哉のシャツを押し上げると、なんの迷いもなく真っ平らな胸に吸いついてくる。

「一哉のここ、きれいな色だな……乳首、小さくてかわいい」

「————」

くらりと眩暈《めまい》がして、意識が飛びそうになった。真帆がこんなことをいうなんて——いや、自分の知っている真帆ならいうわけがない。

これはもしかしたら……。

「真帆。おまえ、ひょっとして酔って……」

やっとのことで声を絞りだしたけれども、真帆はまるで聞いている様子がなかった。一哉の胸の先に舌を這わして夢中になったように舐《な》めまわす。

「う……」

声をあげそうになるのを必死にこらえる。チュッと唇が音をたてて乳首から離れていった。

一哉を上目遣いに見上げながら、真帆は唾液《だえき》で濡れた先端を指の腹でそっとつつく。

「乳首も尖ってきてる。感じやすいんだな」

「…………」

真帆か？　ほんとに真帆なのか？

パニックになっている一哉におかまいなしで、真帆が再び下腹に手を伸ばしてきた。先ほどいじられて硬くなりかけたものを容赦なく下着から引きだす。

「あ──」

「こっちもピンクで……毛が薄くて……ここのかたちが……」

絵を描くせいで観察癖でもついているのか、真帆はメモでもとるような調子で一哉の性器の形状を描写していく。それはもう延々と細かく素描するかのように。

一哉は今度こそほんとうに気が遠くなりそうだった。

──駄目だ、酔ってる、完全に。

ここに至って確信した。表情も声のトーンも普段と変わらないが、もし酔っていなかったら、真帆がこんなことをいうわけがない。

先ほどからおかしいと思ったのだ。珍しく陽人のことをぺらぺらしゃべったり、自分の弱み

をさらけだしたりして。そもそも帰ってきたときから強引に一哉の腕を引っ張ってきて、部屋に連れ込んだ時点でもう——。

「……真帆、やばいってば。そんなに揉まれたら……」

「なんで？　ぬるぬるしてる」

「だから、やばいんだって。やめろ、先っぽこするなって」

「一哉の首すじ真っ赤だな。下が……もっと濡れてきた」

「いちいち描写するな……って——あ」

自分の手で処理するよりも、ひとの手のぬくもりにつつまれて与えられる刺激は強烈で、先端をしつこくこすられているうちに腰がぶるぶるっと震えた。

「あ——」

堪えようもなくて、真帆の手を快感の迸《ほとばし》りで濡らす。達してしまうと、からだが一気に弛《し》緩《かん》して、その場に崩れ落ちそうになった。

ハアハアと荒い自分の息が、どこか遠くに聞こえる。対照的に息ひとつ乱してない真帆が平然と濡れた指先を口許に近づけるのを見て、はっと我に返った。

「うわ……なしっ、それはなし」

あわてて止めたものの、真帆は指についた体液をぺろりと舐めてみせる。腕をひっつかもうとしたのだが、その衝撃シーンを目撃した途端に完全に全身の力が抜けてしまい、うずくまるしかなかった。

いったいなんでこんな目に——幼馴染みの男の手でイカされて、出したものを舐められるなんていう珍妙な事態に陥っているのか。

うつむいた視線の先に、ティッシュの箱が差しだされる。

後始末をすませて、ジッパーを引き上げると、どうやって顔をあげたらいいのかわからなくなった。

——この、酔っ払い。

睨みつけてやりたいのにどうしても顔があげられずにうつむいたままでいると、真帆がそっと一哉の上体におおいかぶさって抱きしめてくる。抱擁は、いつもと変わらないぬくもり。不覚にもほっとしてしまった。

「——いやだったか？」

「いやに決まってるだろ。いきなりこんな……」

一哉が言葉に詰まると、真帆はなにもいわずに抱きしめる腕に力を込めてきた。

上からすっぽりとつつみこまれるように抱擁された体勢で十分、下手をすると二十分ぐらいは過ぎたような気がした。体温にくるまれているうちに、このまま眠ってしまいたいと思った。

真帆はなにもいわない。先ほどまで饒舌だったくせに、打って変わって静かだ。まるで眠っているように。

「…………」

それにしても静かすぎる。

まさかと思ったが、やがて信じられないことにかすかな寝息が聞こえてきたので仰天した。

……え？　ひとにあんなことしておいて、寝た？　こいつ？

この体勢のまま朝まで熟睡でもされたらたまらないので、一哉が「真帆っ」と上体を起こすと、相手は弾かれたようにからだを離す。

まさにたったいま、夢から醒《さ》めたように、真帆はまだ眠たそうな顔で眉をひそめてみせた。

「——俺、いま……」

少し眠ったことで、酔いが覚めて正気が戻ってきたらしい。わけがわからずに困惑している真帆を目の前にして、一哉のこめかみがぴくぴくとひきつる。

「したこと、覚えてるのか？」

「…………」

真帆はぼんやりと一哉を見つめ返して一拍おいてから、言葉に詰まって口許に手をあてた。瞳だけが徐々に見開かれ、先ほどの出来事をリプレイしているのを伝えてくる。一部始終を再生し終えたらしく、少し前の一哉と同様にうなだれて頭をかかえこんだ。

「真帆、おまえ酒癖最悪だな。全然フツーに見えるのに……途中まで酔っ払いが気が大きくなって帰ってきてるってことにも気づかなかったよ」

なにが腹立たしかったといって、普段はすました顔をしているくせに、真帆が意外にためらいもなく一哉にふれてきたことだった。

先日、いきなりキスしてきたのは切羽詰まっていたから、まだ許せる。だが、「子どものころからずっと好きだった」と純情一途みたいな顔をして、なんでいきなり股間を揉む？　乳首やアレの形状や色を描写する？

「真帆もエロいこと考えてんだな。びっくりしたよ。ムッツリ」

文句をいってやらなければおさまらなかったのだが、どうやらカチンときたらしく、真帆の口許がゆがんだ。

「……そりゃ考えるだろ。悪いか」

悪くはない。好きなら当然考える。真帆のいうとおり、あたりまえのことで本来なら返す言葉がないだけに、よけいに腹立たしい。

「あのかわいかった真帆が……俺にこんなことするなんて思わないだろ。ショックだよ」

「――」

かわいかった真帆が――という言葉は、どんな罵りよりも効果があったらしく、真帆は表情をゆがめて黙り込んでしまった。

一哉は立ちあがっていったんドアのところまで進んだものの、真帆の沈黙が気になって足を止める。

振り返ると、真帆はかなりまいっている様子で、ぐったりとしていた。いつもと同じくどこか不機嫌そうに見えるが、おそらく一哉にしてしまった行為を悔やんであれこれと頭のなかで考えているに違いなかった。

伏し目がちの瞳が、さまざまな感情に揺れているのが見える。グループ展は明日が最終日なのに、また眠れなかったらどうするつもりなのか。

真帆がゆっくりと前髪をかきあげながら、苦しげな表情でようやく一言絞りだす。

「…………ごめん」

短いけれども、精一杯の謝罪だというのは伝わってきた。

本来なら、こっちが気にすることじゃない。酔っていたとはいえ、あんなことをされたばかりだ。でも明日は大事な日だ。「一哉がいると落ち着くから」なんていわれたことを考えると、責任を感じてしまう。

折しも今日、グループ展を見て、真帆のことをもう少し考えてやればよかったと思ったばかりではないか。だから……。

「真帆」

声をかけても、真帆は一哉を直視できないらしく視線は合わせない。真帆の性格をよく知らなかったら、なんて態度だこの野郎と思うところだ。

「もういいよ。平気だから。俺はなにも気にしてない」

「――」

なにも気にしてない、といったときに、真帆がわずかにピクリと反応するのがわかった。少し引っかかったが、一哉もいっぱいいっぱいだったので、細かいところまで気にしている余裕はなかった。

酔った上の行動を責めても仕方ない。自分だってひとに迷惑をかけることもある。キス魔になるやつもいるというし、それと似たようなものではないか。この場合、少し特殊な例だが、そう思うことにする。

「だから……今日はちゃんと眠れよ。明日、倒れたら大変だから」

真帆は再び何事か考え込むように口許に手をあてた。気難しそうな表情のままで、返事はなかった。

それ以上はさすがに言葉も見つからなくて、一哉は急ぎ足で部屋を出てドアを閉めた。長くその場にいたら、先ほどの出来事を思い出して、平静を保てずに顔が真っ赤になりそうだったからだ。

自室に戻ってベッドに横たわった途端、緊張の糸がぷつんと切れたように大きなためいきが漏れた。

……やってしまった、真帆とあんなことを。いや、一方的にされただけだけど。

真帆に「眠れよ」といったけれども、一哉自身は頭のなかでいろいろなものがぐるぐる回りはじめて眠れそうもなかった。先ほどの行為を思い返すだけで、全身が火照っていやな汗をかく。

……真帆の手で……なんであんなこと……。

耳もとに囁かれた声を再生させてしまうと、火傷《やけど》しそうに頬が熱くなる。さんざんのたうちまわってから、一哉は真帆の部屋につながっている壁に目を向ける。おそらく壁の向こうでも、真帆が同様にぐるぐる考え込んでいるに違いなかった。

想像すると、じっとしていられなくて、何度かベッドから立ち上がりかけた。走りだしたいような感覚に近いけれども、いったいどこへ向かおうとしてるんだ?

4

大教室での講義が終わったあと、「おーい、篠田《しのだ》」と小西《こにし》に声をかけられて、一哉《かずや》は振り返った。

小西はバイト先も一緒で、時々遊ぶ友人だ。「賢そうに見えるから」といつもダテメガネをかけているが、素顔はおそろしくベビーフェイスなので、それをカバーするためというのがほんとうの理由だろう。

「なあ、今夜、男の面子《メンツ》がひとり足りないんだけど、どう？　おまえ、女の子受けいいからさ」

合コンのお誘いだった。先日までは誘われればそういう場につきあいで顔をだすこともあったが、さすがにいまは参加する気分になれずに一哉は顔をしかめる。

「……悪いけど、そういうの出られなくなったから」

「え？　なんで？　まさか彼女できたの？　誰？」

小西は驚いたように目を瞠《みは》った。いつも「彼女が欲しい欲しい欲しい」と念仏のように唱えている小西に、「お前は俺を置いていくのか」とばかりに非難めいた視線を向けられると、ごまかすのに罪悪感がともなう。かといって、現在の微妙な状況を正直に説明するのは難しい。

「いや、そういうんじゃないんだけど」

「なんだよ、教えろよ。もったいぶるなよ。かわいい子？」

「そうじゃないんだけど……つきあってはいないんだけど。最近気になる子が……」

一哉自身にもよくわからない。いまはいったいどういう状況なのだろう。神様だって正解を知らない気がする。

「なんだよ、それ。なあ、その子、俺に紹介してくれよ。で、その子の友達とか紹介してくれるともっとうれしい」

「おとなしいし、人見知りだから無理だよ。初対面だと、きっとまともに会話しないし」

「そういうタイプなの？　あ、でもそれもいいよな。篠田はおとなしいタイプ好きだもんな。『俺だけにしかかわいい顔見せない』ってたまらないよなあ」

かわいい……。頭のなかに思い浮かべた人物のシルエットに、一哉は内心「いやいや」とかぶりを振る。

小西はよほど気になるらしく、「写真だけでも見せろ、ケータイに撮ってあるんだろ」とあとをついてきた。

「悪いけど、ほんとに無理だから。内緒にしておきたいっていうか」

「なんだよ。ひとにいえない関係なのか？　顔も見せられないって、どういうアブナイ相手なんだよ。人妻？　それとも女子高生とか、まさか女子中学生とか？」

話がどんどんねじまがっていく。女子中学生を相手にしていると妄想《もうそう》されるぐらいなら、いっそのこと正直に話してしまおうかと物騒なことを考えたときだった。

正門を出たところで、当の本人が見えた。相変わらず憂鬱《ゆううつ》そうな顔をして、高すぎる背を少しかがめるようにして突っ立っている。真帆《まほ》は黙って立っているだけでかなり目立つ男なので、そばを行き過ぎる女の子たちがちらちらと視線を走らせている。そりゃ外見と雰囲気は格好いいもんな、ちょっと口数が少ないのだって女子にしてみれば魅力的なんだろうし。

真帆の隣には、こぼれおちそうなほどのフリルとリボンのついたワンピースを着た花梨《かりん》の姿があった。

「一哉くん」

花梨は笑いながら駆け寄ってくる。お人形さんそのものが歩いてくるような姿は、真帆とは違った意味で周囲の注目を集める。突如、おとぎの国が出現したみたいだ。

「迎えにきたのよ。今日は金曜日だし、清香《さやか》さんが焼肉パーティーするっていうから。寄り道しないで帰ってきてほしくて」

グループ展で会った遠藤《えんどう》清香さん――いや、「清香くん」か。

「花梨ちゃん、きみは俺をだましただろ？」

一哉が睨《にら》みつけると、花梨は「え? なんのこと」と一瞬とぼけたが、すぐに「ばれたのね、ごめんなさい」とペロリと舌をだしてみせた。まったく反省している様子はない。そばにいる小西をちらりと見ると、高慢な目つきで「そちらは?」とたずねてくる。

「小西くん。俺の友達だよ」

花梨はよそゆきの笑顔になって、「花梨です。一哉くんがいつもお世話になってます」と深々と頭を下げた。

「あ……いや」

小西は信じられないように一哉を見た。「?」と顔をしかめる一哉に、こっそりと「犯罪はやめとけよ」と耳打ちするなり、そそくさと去っていく。

「え?」

なにをいっているのかわからずに一瞬呆然《ぼうぜん》とした。遅れて、ちょうど「女子中学生が相手か」などとくだらないことをいっていた小西が、小学生の花梨を見て勝手に決めつけたことを察する。おそらく「篠田はひでえロリコン」と。

「待てっ、小西、誤解だ」

不名誉すぎる誤解に血の気がひいて呼び止めたが、時すでに遅し——小西の姿は消えていた。がっくりと肩を落とす一哉の腕にしがみついて、元凶の花梨が「どうしたの?」と首をかしげる。

「いや……今日、かわいい格好してるね。どうしたの？」

「この前、パパに買ってもらったワンピースなの。真帆くんと一哉くんに着てるところ見てほしかったからちょうどよかった」

小西が離れていったところで、真帆がようやく他人顔して少し離れて立っていた場所から近づいてきた。あれが最近気になっている、「人見知りで、初対面では会話しない、おとなしい子」――だ。小西にいったことはまったくの嘘ではない。

「真帆、よくついてきたな」

「花梨をひとりにできないだろ」

ごもっとも――昨今では小学生をひとり歩きなどさせられるわけもない。お姫様にはボディガードが必要だ。

一哉が「よくついてきたな」といったのは、真帆がそんな役目を引き受けたことだった。なぜかというと、グループ展が終わってから、真帆はまた家にいるときは部屋にこもりがちになっているからだ。

花梨が「あのね、内緒話」と手をひっぱるので、一哉は身をかがめて顔を寄せる。

「……今日は個人面談の日で学校が早く終わるから、花梨が真帆くんにメールしたら、魔性が家にきてるっていわれたの。家にふたりきりだっていうし、びっくりしたわ」

「花梨ちゃん、あのひとが男だって知ってるんだろ？　魔性扱いしなくてもいいんじゃない？

男ふたりが一緒にいたって、普通はなにも起きないし」

「甘いわよ、一哉くん。あれは花梨のライバルだといったでしょ。性別はどうであれ、女よ」

わけのわからない理屈をきっぱりと述べられて、一哉は唸《うな》るしかない。……先日、一哉が陽人《はると》とふたりでいたら襲われるとあわてて帰ってきた真帆と極端な思考回路がよく似ている。

「真帆くんも魔性とふたりきりがいやだから、花梨のお供を引き受けてくれたのよ。いつもなら『めんどくさい。小学生こわい』ってふざけたメールが返ってくるだけなのに」

真帆は花梨相手にきちんとメールを返すのかと驚いた。そういえば……と一哉は真帆を振り返る。

「真帆、俺、おまえのメアドとか携帯番号知らないけど」

「――教える」

真帆がジャケットのポケットから携帯をとりだしたので、一哉も自分の携帯をカバンからだす。番号とメアドを交換するふたりを見て、花梨が「もうっ」と地団駄を踏んだ。

「一哉くん、まだ話終わってないのよ。なにフツーに電話番号交換してるのよ。仲良しのくせに、電話番号も知らないの？　そんなのあとでやってよっ」

そう――フツーだ。真帆との仲は驚くほど普通なのだ。あんなことがあったというのに。

そして、あんなことがあったというのに、携帯の番号さえ知らなかったのだ。

とはいえ、これにはれっきとした理由がある。昔、真帆にメールと電話を無視されて音信不通になった経験があるだけに、再会してからも一哉のほうからはなんとなく番号やアドレスを聞きそびれていたのだ。一哉が訊《き》かなければ、真帆のほうからは訊いてこない。それだけの話だ。

あの翌日、もしかして一哉に不埒《ふらち》な行為をしたせいで悩んでまた眠れないんじゃないかと心配した予想に反して、真帆はすっきりした顔をしていた。グループ展の最終日も無事に終わったらしい。

一哉の顔を見ても、真帆は照れるとか無視するとかでもなく、いつもどおりの態度だった。

酔った上でのあやまちだから――か。

冷静に考えれば、こちらにしても一番ありがたい対応のはずだが、どうも納得がいかない。気まずいことにならなくてよかったと安堵《あんど》しながらも、胸の底からもやもやしたものが湧き上がってくる。

たしかに一哉は「気にしない」といった。だが、真帆はもう少し動揺するというか、意識してもいいのではないだろうか。

このままでは自分だけが恥ずかしい思いをさせられたようで納得がいかない。あまりにもすましてなにもなかったような顔をされると、こんなことならあいつのズボンも脱がして、同じ行為をやりかえすべきだった、などと穏やかではないことを考えてしまう。

もし、一哉が好きな子にあんな真似をしてしまったら、その後のフォローもなしで平静ではいられないし、いくらもう相手に「気にしてない」といわれても「ごめん」と謝り倒す。向こうの反応が悪くなかったら、そのまま関係を深められるように努力するし、先の段階に進める機会を狙うはずだった。なのに、真帆のこの無反応ぶりはどうなのだ？

そして、なによりも恐ろしいのは、先日の肉体的な接触によって、一哉のほうが真帆を妙に意識しはじめてしまっていることだった。合コンにいくのをためらったのもそのせいだ。

まさか真帆にあんなことをされるとは思わなかった。だけど、真帆がなにを自分に求めているかははっきりとわかった。それはもういやというほど思い知らされた。

友達として独占したいだけじゃない。真帆はそれとは違う意味ではっきりと一哉を好きなのだ。

酔ったあやまちでも、一度だけ性的な接触があって、おまけに「好きだ」と告白されている状態だ。その相手が気になるから、こんな気持ちで合コンに行って他の子に会うのはどちらに対しても悪い——。

なぜ男の真帆相手にこんな微妙な気遣いをしなくてはいけないのか。しかも、自分は酔っ払いに一方的にいいようにされただけなのに。

この展開で、悩むのは普通おまえのほうじゃないのか、真帆――と、あまりの理不尽さが腹立たしくて、ここ数日間、一哉の眉間の皺《しわ》は知らず識らず深くなるばかりだった。

「――あら、おかえりなさい。お邪魔してます」

家に帰ると、キッチンで髪をアップにしているエプロン姿の清香が出迎えた。

男と知っていても、アップにしているうなじは後《おく》れ毛が色っぽくて、女性にしか見えない。破壊力抜群のエプロン姿に、一哉はどっと疲労感が増す。

包丁を手にしている清香を見るなり、真帆が「おい」と物騒な顔つきでキッチンへと入っていった。

「なにもしてないだろうな。材料は買ったままにしてあるんだろ？」

「なによ。怖いわわね。焼肉でしょ？　わたしだって肉用意して、野菜切ることぐらいできるわよ」

「どうせガサツに切って、材料半分にへらすだろ」

グループ展の際、女性相手に真帆が乱暴な口をきくのは珍しいと思っていたが、男だからズケズケとものがいえるわけだ。でも、こんなにはっきりといえるのは、さすがに男同士とはいえ、一年間一緒に暮らしていて気心が知れている証拠だった。

清香は「うるさい男だなあ」とエプロンを脱ぐと、それを真帆に押しつけて、キッチンから出てきた。

「一哉くんの前で変なところ見せちゃったな。真帆ってば、ほんとにもう神経が細かくて」

清香が近づくと、花梨はふてくされた様子で顔をそむけるように一哉にしがみつく。自分が避けられていると知っているのか、清香がふふっと首をかしげるように笑った。

「わたし、花梨ちゃんに嫌われちゃってるのよね。どうしてかな？　ひょっとして、羽瀬《はせ》くんとか陽人くん、大好きなお兄ちゃんたちが、わたしにとられるとでも思ってる？　全然違うんだけどなあ」

花梨は一哉の腰にしがみついたまま離れない。表情は見えないが、おそらくかわいい顔を台無しにして、世にも恐ろしい形相になっているに違いなかった。

「花梨ちゃんは真帆のファンなんですよ。だから清香さんが真帆と話すと妬《や》くんです」

「ああ、いまの一番のお気に入りは真帆なんだっけ。夢見る女の子ねえ。あんな面倒くさい男はやめておきなさいよ。花梨ちゃんの手に負える相手じゃないわよ」

花梨が一哉にしがみついたまま、「じゃあ清香くんの手には負えるっていうの」とくぐもった声で問い返す。

「わたしだって手を焼いてるじゃない。陽人くんに真帆のストーカー呼ばわりされながらも。っていうか清香くんってなによ、もう。清香さんって呼びなさいっていつもいってるでしょ」

「…………」

一哉の妙な反応に気づいたのか、清香が「あらら」と口許に手をあててみせる。

「ひょっとして、一哉くんにはもうバレちゃってるの？」

「……バレてます」

「なあんだ」と心もち声のトーンを下げて、清香は首のこりをほぐすように頭を左右に傾けた。

「……じゃあもうしようがないなあ。いつわかったの？　自信なくすな」

「グループ展のとき、花梨ちゃんが『清香くん』って呼んだんで」

「当日？　じゃあ陽人くんに一万払わなきゃいけなくなる。……ったく、こら花梨ちゃん。どうしてくれる？」

花梨は一哉を盾に清香から逃げて、さっと後ろに隠れる。おかげで、一哉が至近距離で清香と向き合う羽目になった。

いくら綺麗でも女顔の男の女装はたいてい漫画のように美人になることはなく、笑いを誘う悲しい結果になるが、清香の場合はすらりとしているのに肩幅が狭く、骨格が華奢《きゃしゃ》なのが勝因らしい。

「一哉くんには好きなほうで接してあげようか。はい、お姉さんバージョンとお兄さんバージョン、どちらがいい？　年上のお兄さんは陽人たちがいるから、もう飽きてるか」

「……はあ」

こだわりはないので、好きなほうにしてください、と答えようとしたところ、花梨が手をぎゅっとつねってきた。

「だまされちゃだめよ、魔性なんだから。お兄さんがいいっていいなさい。今日だって、お姉さんバージョンで真帆くんとふたりきりでなにしようとしてたのかわからないんだから」

「花梨ちゃんはおませだねえ」

清香が悪戯《いたずら》っぽく唇の端をつりあげて笑う。

「大丈夫よ。花梨ちゃんが心配することはなにもしてないから。真帆にいろいろと話があったから。ちょっと留学の件でね」

いいかけたところで、ソファの上の携帯が鳴った。清香があわてて取りに行き、「はい」と電話に出る。どうやら仕事の話のようだった。

花梨がいやそうに顔をしかめる。

「あのひと、いつも真帆くんを外国に連れて行こうとしてるのよね。まったく冗談じゃないわ。真帆くんは飛行機嫌いなんだから無理に決まってるじゃない」

真帆に——留学？

「そんな話がすでにあるの？」

「うん。絵で食べていくにはそうしなきゃ駄目だっていってるけど。危険だわ。清香くんは『僕も一緒に行くから』って口説いてるんだもの」

初めて聞かされる話に、一哉はさすがに驚いた。「お絵描きが上手だから生きていける」という陽人の言葉や、学生のうちから画廊に目をつけられていることから、周囲に才能が認められているとはわかっていたが、真帆がすでにその道での将来を考えているとまでは思っていなかったからだ。

キッチンのなかに入って、しかめっ面で野菜の下ごしらえをはじめる真帆を見ながら、一哉は少しばかり複雑な気持ちになった。


六月に入って梅雨らしい天気が続いていたが、今週は久しぶりに晴れ間が続いている。夜になっても雲がないせいか、星が綺麗に瞬いているのが見えた。

焼肉パーティーは庭で開催されることになった。真帆に指示されて、一哉たちはバーベキューコンロや折りたたみ式のテーブルや椅子を出してきてセッティングした。

準備が整った頃になって、陽人がまず仕事から帰ってきた。庭ではしゃいでいる花梨を見て、目ざとく声をかける。

「花梨、そのワンピースかわいいけど、肉の匂いがついちゃうよ？　汚れるかもしれないし。いいのか？」

「いやっ」

「うーん。前に泊まりにきたときに置いていった服があったよなあ。——おいで」

部屋の奥に連れ立って入っていく陽人と花梨を見て、清香が感心したように「陽人くんて、いいお父さんになるよねえ」と呟《つぶや》く。真帆はキッチンに戻って再び野菜の下準備を続けていたので、庭に残っているのは清香と一哉のふたりきりだった。

お兄さんとお姉さんのどちらがいいか答えていないので、いったいどういう距離感で接していいのかわからずに緊張していたら、それを読みとったように、清香がふっと笑った。

「一哉くんは、真帆と子どもの頃から仲良しなんだろ？　どう？　あの子、変わった？　僕は大学になってからしか知らないんだよね」

低い声のお兄さんバージョンできた。見た目とのギャップでさらに妖《あや》しく落ち着かないような雰囲気がある。

「変わってない……と思いますけど」

「だよねえ。これからも変わりそうもないもんねえ」

だから厄介――とでもいいたげに、清香は宙を見上げた。

「真帆って、才能あるんですか？　画廊のひとから見て。俺は真帆の絵って好きだけど。綺麗で不思議な感じで」

一哉が絵のことをたずねてきたのが意外だったのか、清香は一瞬驚いたように目を瞠った。その横顔がいつになく凜々《りり》しく、男っぽく見えてくる。仕事に関わる話だと顔つきも変わるのか。

「才能はみんなあるよ。絵を描く子には……美大に進むぐらいの子にはみんなある。ただ、世間に認められるか、認められないかの違いだけ。ほんとに運とタイミングというか、見せ方の問題というか。僕も絵を扱ってて、不思議に思うことがある。どうしてこっちの絵が一万ドルで、こっちの絵が十ドルぽっちなんだって」

「……どうしてなんですか？」

「その法則がないから、面白いんだよ。去年ね、アメリカのインディーズのアートフェアに真帆の絵をもっていったんだよね。廃業になるホテルを借りきって、そこでみんなガレージセールのように絵を売るのね。真帆の作品はほんのおまけのつもりだった。美大生の作品だし、僕が一緒の家に住んでて、個人的に好きだからもっていった。展示のメインは、画廊で注目してる新人画家さんのほうだった。でも、実際にフェアがはじまって、蓋《ふた》を開けたらびっくり。真帆の絵が飛ぶように売れた。小さなドローイング作品ばかりだったけど。フェアの二日目からは、ここぞとばかりに真帆の絵の値段を釣り上げた。それでも彼のほうが売れた。オーナーも、それで真帆を贔屓《ひいき》にしてくれるようになって」

どうだ、といわんばかりに笑顔を見せられて、一哉は少し圧倒される。清香が真帆の才能をかっているのは伝わってきた。

「日本ではコンクールで賞をとらないと商売にならないから、まだまだだけどね」

だから、留学して海外に連れて行こうとしてる……？

聞いてしまったら、いきなり真帆が遠くになってしまうような気がして、一哉は質問できなかった。

せっかく再会して一緒に暮らすようになったのに、また離れてしまう可能性があるのだろうか。ずいぶんとせっかちな展開ではないか？

「おーい、清香サン。年下の男の子をこれ以上誘惑しないように」

陽人が花梨を着替えさせて戻ってきた。花梨は先ほどのワンピースを脱いで、無難なTシャツとジーンズという格好になっている。

「人聞きの悪いことといわないでくれる？　陽人くんはわたしにいつもきついわね」

いきなりお姉さんバージョンになっていいかえすと、清香は陽人を睨《にら》みつけた。陽人は苦笑しながら肩をすくめてみせる。

「キッチンから材料を運べって、焼肉奉行がさわいでるからさ。行ってあげて？　羽瀬も帰ってきたから」

「はいはい」

肩をすくめて歩きだす清香のあとに、花梨が「わたしも真帆くんを手伝うわ」と続く。

「あら、わたしひとりでできるわよ」

「真帆くんとふたりきりにはさせないわ」

「なによお」と互いにじゃれあうようにこづきあいながら、もつれあうようにして家のなかに入っていくふたりを見て、一哉は目を丸くする。あのふたり、仲が悪いんじゃなかったのか。

「花梨と清香？　花梨のいまの一番のお気に入りは真帆だけど、その前は俺で、さらに前は清香なんだよね。あいつが男の格好してるときに最初に会ってさ。『すごい美少年』ってのぼせたんだけど、女装姿見てから衝撃受けて……『男なのに女より綺麗なんて許せない』って対抗心に燃えて以来、目の敵にしてるんだよ。かわいいだろ？」

なるほど、そういう関係性なのかと納得したが、いまは笑う気にもなれない。

「どうしたの？　一哉くん、気の抜けた顔しちゃって。ほんとに清香に誘惑されてた？」

「まさか。真帆がいかに才能があるかって力説されました」

「ああ、売り物になるっていってたでしょ？　仕事熱心なのは結構だけど、いったい真帆をどこに連れていこうとしてるんだか」

「陽人さんは反対なんですか？　画廊のひとに認められるって必要でしょ？」

「結果としては必要だけど、真帆はまだ学生だからねえ。まあ型にはめずに好きにやるのが一番いいんじゃないの？　清香みたいに『こっちこっち』って手を引っ張っていくタイプじゃなくて、真帆が好き勝手するのを見守ってくれるようなひとがついてくれると一番いいんだけどね。あいつら、水と油だから、仲が悪いわけじゃないんだけど、相性は最悪なんだよね。真帆は自分の領域を侵されるの、嫌うから。清香はひと好きするし、相手の領域にすっと入り込むのがうまいけど、それって真帆には歓迎される特性じゃないからね。それに清香は自分の好みに真帆の人生をコントロールしそうだから、身内としては搾取《さくしゅ》されそうで心配なんだよ」

絵のことはまったくわからないが、相性の問題はなるほどと思った。

真帆がずかずかと入り込んでくる清香とうまくいかないというのはなんとなく理解できる。

それにしても……。

「……陽人さんて、ほんとに真帆のことよく見てるんですね。心配してるっていうか」

「気持ち悪いことといわないでくれる？　一哉くんが真帆をほっとけないのと同じ。きみだって十分物好きだよ。幼馴染みの男が何年も会ってなかったのに、いまだに自分を好きだって知って驚いただろ？　どういう執念なんだって、普通はぞっとしたり、気持ち悪く思うよね？　だけど、きみは真帆のこと、嫌いじゃないだろ？　気持ち悪かったら、とっくにこの家から出て行ってるはずだから」

畳み掛けられて、一哉は反論できなかった。陽人は「ま、いいけど」と肩をすくめてみせる。

嫌いなわけがない。気持ち悪くもない。ただ大人になっても、真帆が自分を好きだというのが信じられなかった。親しい友達になるだけでは駄目なのかと思っていたけれども、先日の酔ったうえでの行為ではっきりとそれも否定された。

真帆は一哉とああいう行為がしたいわけだ。それも含めての「好き」なのだ。

でもあれから真帆はなにもいってこないし、告白の返事をせかすわけでもない。何事もなかったような顔を貫いているのはどうしてなのだろう。

「……陽人さん。この前、話しかけたこと――以前、真帆が俺と連絡を断った理由ってなんなんですか？　陽人さんが自分のせいだっていってたでしょ？」

陽人は「うーん」と迷うそぶりを見せた。

「真帆がいやがってたみたいだけど、いってもいいのかなあ。真帆はきみをがっかりさせたくなかったんだよ。ほら、背が伸びて、だいぶ容姿が変わっただろ。いまはもう気にしてないんだろうけど、きみが自分のことを『かわいい』って思ってくれてたのを知ってたらしくて。姿を見せて幻滅されるのがいやだったから、自分から連絡しなくなったんだろ」

一哉は口をぽかんと開ける。

「そんなことで？」

「あいつにとっては大問題だったみたいよ。ちょうどその頃、俺が真帆に意地悪なことをいったんだよね。俺に対してあまりにもムカつく態度とるから、『おまえみたいに協調性のない、自分の殻に閉じこもってるやつ、誰も相手にしねえよ』ってキレたことがあったの。そしたら、真帆が『カズくんは俺と一緒にいて、リラックスできるっていってくれたもん。大きくなったら一緒に暮らすって約束したんだから』って生意気にいいかえしてきたんだよね。俺も大人気なくて、『それはおまえが女の子みたいに見えたからだ。いまはデカくなったし、カズくんも見たらガッカリするよ。詐欺だって逃げだすに決まってる。かわいそうに』って怒鳴りつけちゃって」

「…………」

「いつも無表情の真帆がさーっと青くなったもんだから、まずいと思ったんだけど。あいつのアイデンティティは、あの瞬間に一回崩壊の憂き目を見たんだよね。それまでそこそこかわいげがあったのに、あの日を境に無愛想と性格のひねくれっぷりに磨きがかかっちゃって。この件では俺もずっと責任感じてたから、一哉くんとなんとかしてあげたいと思ってたわけ」

真帆が陽人に対して頑なな態度をとる理由はひとつではなかったわけだ。二度にわたって打ちのめされたとすれば、さすがにひどい。真帆に同情する。

「……陽人さん、真帆にいろんなトラウマ植えつけてるんですね」

「え、なんのこと?」

一哉は「いえ……」と静かに首を振る。

「きみをがっかりさせちゃいけないって一回はあきらめたんだけど、それが偶然再会したわけじゃない? きみは『真帆と昔みたいに仲良くしたい』とかいってくるし、そりゃ真帆も『いまの姿でも大丈夫なのかな』『再会したのは運命だ』って希望をもつよね」

たしかに真帆は一哉に「いまでも好きだ」といった。だが、先日、酔った勢いで一哉に性的にふれたことで、「やっぱりそれはナシ」という心境にでもなったのだろうか。真帆があの件にまったくふれてこないのは、あのときの一哉のなにかに幻滅したせいなのだろうかと考えてしまう。まさかと思うが、ひょっとしたら身体的な特徴が――アレの色や形状が理想的ではなかったとか？　だってあそこまでしておいて、どうしてその後無反応なのだ？　思い悩むあまり、思考がどんどん妙な方向へとずれていってしまう。どちらにせよ、あんな行為のあとで、不自然な距離をとられるとショックだった。

「……なに話してるんだ？」

自分の噂をされていると嗅《か》ぎつけるレーダーでもついているのか、真帆がいつのまにか背後に立っていた。

「なんでもないよ、もう焼肉はじめようか？」

悪びれた様子もなく笑い返して立ち去る陽人の背中を睨みながら、真帆は「……ったく」と舌打ちする。

どこから聞いていたのかわからないが、自分にとって愉快ではない話をされていたのは察しているらしい。

「――真帆……」

一哉が話しかけようとすると、真帆は逃げるように踵《きびす》を返してバーベキューコンロのほうへと行ってしまった。なんなんだよ、その態度――といつものことながら唖然《あぜん》とする。

やがて羽瀬と一緒に清香と花梨が並んで材料を手に庭へと出てきた。みんなが揃ったので、バーベキューコンロに火がつけられ、肉が旨そうな匂いをたてて焼かれはじめる。

一哉はあまり食欲がわかないのでテーブルの席に座ったままでいた。花梨を中心に陽人たちは盛り上がっているが、先ほどの真帆の態度がひっかかっているせいで会話に参加する気にもなれなかった。しばらくすると、焼肉奉行になって肉を焼いていた真帆が皿に肉をとってきてくれた。

「――食べろよ」

真帆は相変わらずの無表情で一哉の隣の席に腰をかける。陽人たちはバーベキューコンロの脇に立ったままでいるので、椅子に座っているのはふたりだけだった。

真帆がもってきてくれた皿には、貢物のように肉がこんもりと山盛りになっていた。先ほどは自分から逃げたくせに、いったいどういうつもりなのか。相変わらずわけがわからない。

真帆がちらちらと一哉の皿の肉の減り具合を気にしているようなので、一哉は仕方なく箸《はし》を動かした。

「真帆だって食べてるのか？」

「食べてる。いまは吐くこともないし」

「……吐くっていうなよ、ひとが食べてるのに」

真帆は「ごめん」とふてくされたように謝る。まったく繊細なんだか無神経なんだか。

「――さっき、陽人からなにを聞いてた？　話してただろ？」

視線はバーベキューコンロのみんなのほうに向けながら、真帆は落ち着かない様子でテーブルの上をトントンと指で叩《たた》いた。どうやらそれが気になっているせいで、むっつりしているらしい。

「昔、真帆が俺に連絡くれなくなった理由を聞いてたんだよ。まさか『かわいくなくなったから』なんていうのが、直接的な原因だと思ってなかったよ。そんなの気にしなくていいのに」

「……気にしてない」

真帆は硬い顔つきで呟き、唇を引き結んでしまった。

気にしているくせに、気にしていると知られるのがいやなようだった。陽人がいうように、ほかのことに関しては無頓着で、ひとがどう思おうとマイペースな態度を貫くくせに、一哉に関してだけは面倒くさい性格になる。

でも、それはやっぱり真帆にとって一哉が特別だという証拠で……。

「――一哉のほうがかわいかった」

真帆がいきなりぼそりと呟いた。

「え?」

「俺を『かわいい』っていったけど、ほんとは一哉のほうがずっとかわいいと思ってた。子どものとき。でも、一哉が『かわいい』っていうから、俺は仕方ないなと思って。一哉に最初いわれたとき、ほんとは驚いたんだ。なんで俺に『かわいい』なんていうんだろうって」

陽人に過去の経緯を暴露された照れから、こんなことをいいだしているのはわかっていた。どうでもいいと聞き流すこともできたが、さすがに事実をねじ曲げるのはよくないので、一哉は「いやいや」とかぶりをふった。

「それはないだろ？　子どものときは、誰がどう見たって、真帆のほうが女の子みたいでかわいかったよ。周囲はみんなそう思ってたよ。俺は普通の男の子だったもん。ゲーム好きで、弟たちと合気道の道場行って、ごくごく健康的な」

「周囲って、どこらへんだ？　みんなって、いつ意見が一致した？」

どうでもよかったはずなのに、真帆に妙な屁理屈《へりくつ》でいいかえされて一哉はむっと唇を尖《とが》らせた。

「真帆と俺を知ってるひとたちのあいだで。わかりきってることだろ。美少女だった過去ぐらい認めろよ」

「俺は一度も自分が美少女だったなんて思ってない。いま見たって、一哉のほうがずっと女顔だろ」

「いまの話をしてるんじゃないだろ。思ってなくても、周囲はそういう目で見てたの。美少女は自覚するもんじゃないの。周りが評価するものなの」

「だから、その周りってどこの範囲の――」

気がつくと、コンロの近くに立っている陽人たちの注目がふたりに集まっていた。

陽人と羽瀬、清香があきれたようにテーブル席に座る一哉と真帆を見ている。論争するのはかまわないが、あまりにも内容がくだらないのにあきれているらしい。

それはそうだろう。大学生の男が、「子どもの頃、どっちがかわいかったか」でいいあっているのは奇異な光景だし、情けなさすぎる。

花梨がふくれっ面になって、一哉たちのもとに駆け寄ってきた。

「なんでふたりが『美少女』だの『かわいい』だのいいあってるのよ。このなかで、一番かわいくて美少女なのは花梨でしょ？」

綺麗にオチをつけてもらって、一哉は救われたような気分になりながら、「あ……それが正解」と頷《うなず》くしかなかった。花梨は「そうでしょ」と胸を張る。

真帆はなにが気にくわないのか不機嫌な顔つきのままそっぽを向いていた。

焼肉パーティーも終わり、庭のコンロやテーブルをしまって、キッチンに運んだ洗い物をすませたときには十二時を回っていた。

花梨はすでに羽瀬に車で送られて実家に帰った。今夜は戻ってくるといっていたが、まだ帰らないところを見ると、羽瀬も実家に泊まることになったのかもしれない。陽人と清香のふたりは、リビングであらためて飲みはじめてしまった。

「真帆と一哉くんも、こっちきなよ。一緒に飲もう」

キッチンの片づけを終えたときに、清香に声をかけられたが、真帆がすっと無視して廊下に行ってしまったので、一哉も「今日はもう休みます」と挨拶《あいさつ》してから、あわててあとを追った。

階段をすたすたと上がっていく真帆の背中を見上げながら、ためいきをつく。

「おい、真帆——声かけてもらったんだから、返事ぐらいしとけよ」

「一哉がことわっただろ」

「真帆がいやみたいだからだろ。ちょっとぐらいなら、つきあってもよかったのに」

「——」

階段を上がりきったところで、真帆は足を止めて振り返った。

「あんな口の減らないふたりと一緒に飲むのか。俺はずっと黙ってるからいいけど、一哉はいちいち反応示すから、いい酒の肴《さかな》にされる。あいつら、生贄《いけにえ》がほしいだけなんだから」

「生贄って……」

「いいんだよ。誰もいなければ、あのふたりは互いに攻撃しあうから。たまには自分たちがその口の悪さでボロボロになってみるといい」

……どうやら真帆はボロボロにされたことがあるらしい。

もう少しほかに言葉がないのだろうか。とはいえ、陽人と清香のふたりに挟まれて飲む酒が楽しいだけではすまなそうなことは一哉も同感だった。

ふたりとも人当たりがよくて、口が達者で、頭の回転が早そうで、タイプ的には似ている。

ふたりがかりでやり込められたら、かないそうもない。

真帆は自分の部屋の前までくると、ドアを開いたまま、ちらりと一哉を見る。「俺の部屋に入れ」ということらしい。

口にだしていいえよ、と思いつつも面倒くさいので文句もいわずにすすんで部屋に入る。話でもあるのかと思ったが、ひとを部屋に誘い込んだわりには、真帆は相変わらず自分からなにもいおうとしない。毎度のことだとためいきをつきながら、一哉のほうから声をかけるはめになる。

「真帆……なんでさっき、あんなにムキになったんだよ。美少女がどうのこうのって。びっくりしたよ」

「俺はムキになってない。一哉のほうがムキになったんだろ」

「だって真帆のほうがかわいかったのは事実だろ？　俺はほんとのことをいっただけだ」

真帆はむっつりとした表情で床に腰掛けると、一哉を睨んできた。

「……そういわれて、俺が喜んでると思うか？　いつもみんなに『昔は美少女だった』とかさんざんいわれて」

「昔のこといわれるの、いやなのか？　美少女っていわれるの嫌いじゃないんだろ？　背が伸びて成長したとき、ショック受けたって」

「べつにショックじゃない。誰が美少女なんて呼ばれたいと思うんだ。俺はそういう趣味じゃない。ただ一哉がそっちのほうがよかったみたいだから――おまえのために」

真帆は「もういい」というようにふてくされた顔で黙り込む。つまり一哉のために「趣味じゃないけど、かわいくいたかった」と解釈してもいいのだろうか。

昔ならともかく、いまのデカイ図体でそんな健気なことをいわれても、感激していいものか、笑い飛ばしたほうがいいのか、対応に苦慮する。

一哉としても「どっちがかわいかったか」などというくだらない話を蒸し返す気はないのだ。もっと別に話したいことはたくさんある。清香が口にしていた留学の件。それになにより、真帆のなかで、先日の出来事はどう整理されているのか。

どうして真帆は平然としていられるんだ？　俺の恥ずかしいところをさわって、あれこれしたくせに。

「――一哉」

「ん？」

横を振り向くと、真帆がいきなり倒れ込むようにして一哉を抱きしめてきた。背中からがっしりとホールドされて、「ひっ」と飛び上がりそうになる。

「ちょっとだけ」

こちらの驚きなどおかまいなしで、真帆は一哉を抱きしめたまま瞑想《めいそう》するように目を閉じる。しばらく身を固くしていたが、真帆が静止したままなので一哉は「なんだ」と脱力する。

……また充電？

このあいだ酔ってひとにあんな真似をしておいて、何事もなかったように抱きしめてくるなんてどういう神経をしているのか。動揺したら負けのような気がして、一哉は必死に突き飛ばしたいのを堪える。

それにいまだに抱きしめてくるということは、「やっぱりナシ」と思われたわけではなかったのか。告白の返事もしていないくせに、どこかで安堵してしまうのはなぜなのか。いつのまにか自分のほうが振り回される立場になっているのが納得いかない。

真帆は一哉を横から抱きしめて、こつんと肩に頭をのせるような体勢になっていた。目を閉じている顔は普段の仏頂面とは違ってリラックスしていて、長い睫毛《まつげ》が目の下に影を作っている。ほっそりと筋の通った鼻梁《びりょう》、わずかに開いている薄い唇は大きくて、どこか色っぽい。

相変わらず繊細な顔立ちだと思うけれども、子どもの頃と違って体つきがほっそりした印象ながらも肩幅が広く背丈があるのと、声がとにかく男っぽく低いので、女性的な印象はまるでない。

こんなに格好良いのに、どうして男なんかに懸想《けそう》してるんだよ？　やめておけよ、と幼馴染みとしては苦言を呈したくなる。

「真帆、長い。いつまでやってるんだよ」

数分たっても真帆が動かないので、一哉は背中を叩いた。真帆は離れるどころか、さらにぎゅっと強く抱きしめてきて、耳もとにつけられた唇が心地よさそうな息を吐く。

「もう少しだけ」

「今度から料金とるぞ」

「ああ」

「気楽に返事するな。払う気もないくせに。あんまりぎゅっとするなってば」

「――ん」

こんなやりとりをしながら、いやがらずに抱きしめられてるのはすでに出来上がっているカップルにしか見えないのでは？　という懸念がいまさらながら浮かぶ。真帆はなぜ当然の権利のように抱きしめてくるのか。そしてまた、自分はどうして抱きしめられたままになっているのか。

一哉の場合は、こうして「充電」させたほうが、コミュニケーションがうまくとれるからだった。こうでもしないと、その行動と言動からでは、真帆はなにを考えているのかよくわからない。異星人と交信しているような気分になることすらある。こうして抱きしめてくるかぎりは「好きだ」と告白したときと状況が変わってないんだなと見当がつく。

でも真帆は？　このあいだの件にはなにもふれないまま、どうして平気で「充電」してくるのか。

ひょっとしたら、真帆の頭のなかでは一哉には理解できない法則によって、すでにふたりはつきあっていることにでもなっているんだろうか。

「真帆……あのさ、俺、まだ告白の返事ってしてないよな」

「急がなくてもいい」

即座にぼそりと声が返ってくる。どうやらつきあっていない自覚はあるらしい。というよりも、一哉としては、返事をしていないのに、こうやって抱きあっているのはおかしいのではないかということを指摘したかったのだが。

「急がなくたっていいって……いつぐらいまで?」

「いつでもいい。待つ」

「だから、どのくらいまで?」

「いつまでも。いまはどうせ一緒に暮らしてるし」

告白したことも、その返事をしていないことも、真帆はきちんと理解している。まるでなかったようにされているのは、やはり先日の一件だけだ。

ひょっとして酔っていたせいで、あのあとすべてを忘れてしまったのか?

(硬くなってるだろ)

(乳首も尖ってきてる。感じやすいんだな)

酔った真帆は、まるで別人のように強引だった。もしあれが本性だといわれたら、正直なところ少し引く。

あんなやりとりを覚えていたら、健康な男子として、こうしておとなしい犬みたいに抱きついてじっとしていることは不可能かもしれない。忘れているのなら、そのほうがありがたくはあるのだが……。

「真帆、このあいだのことだけど——その……覚えてないのか？　真帆が酔って、俺のを——いじって……なんのことかわからないなら、まあそれでもいいんだけど」

真帆は顔をあげて、至近距離からとまどったように一哉を見つめた。

「——覚えてる」

「…………」

すぐには声がでなかった。忘れているのなら納得だったのに、記憶があるのに無反応だとわかると羞恥と腹立たしさが綯《な》い交ぜになって込み上げてくる。

「な……覚えてるなら、なんでなんにもなかったような顔するんだよ。まるきり無視っていうか」

声を荒らげる一哉を見て、真帆は困ったように息をついた。

「一哉が『気にしてない』っていっただろ。だから、蒸し返さないほうがいいのかと思った」

「は？」

「『気にしてない』って、要するに『なかったことにしてやるから、気にするな』ってことだろ？　一哉がそうしたいのなら、忘れたほうがいいのかと思っただけだ」

真帆はなぜか腹立たしそうな顔つきになってくる。

一哉が真帆を悩ませないようにとわざわざ「気にしてない」といったとき、ピクリと妙な反応をしていたことを思い出した。

「俺がそういったから、忘れたっていうのか？」

「ほんとに忘れるわけないだろ。忘れるようにしようって努力しただけだ。忘れられるわけないだろ」

自分も気まずかったし、いっそのこと真帆が完璧に酔ったままで記憶をなくしてくれていたら一番よかったかもしれないと考えた。だけど、覚えているのだったら、知らんふりするなよ、と一哉はいいたい。

「あのさ……たしかに俺は『気にしてない』っていったよ？　だけど、あんな出来事があったら、もうちょっと反応示してくれないと、俺が馬鹿みたいじゃないか。いまも平然と抱きしめてくるしさ。なんなんだろうって思うよ。俺が夢でも見たのかなって」

「グループ展のときから、抱きしめるだけなら、一哉はべつに怒らないだろ。充電不足ならもう少し抱きしめてもいいっていったじゃないか」

あれは真帆があくまで寝不足だったからそうせざるをえなかっただけで、決して「抱擁だけならOK」と了解したわけではない。「充電不足なら……」も照れ隠しの冗談だ。初めに拒まなかったから誤解されてもしようがないが、男同士でどうしてそんなふうに解釈するのか。だが、真帆にいちいち説明するのも骨が折れそうだった。

「……そりゃもう、充電ぐらいなら、減るもんじゃないからいいけど、このあいだのは違うだろ。真帆は俺にあんなことして、なにも意識しないのか？」

「――」

真帆は無表情に一哉を見つめて、やがて徐々に険しい顔つきになった。だが、その目許がほんのりと赤くなっているのがわかる。ものすごく不本意そうに赤面。

「……意識しないわけないだろ。毎日考えてるよ。だけど、そればっかり考えてるっていったら、一哉は引くだろ。俺に『あのかわいかった真帆が……』っていっただろうに。俺がそんなこと考えてるのはいやなんだろ。ムッツリって非難したのは、どこの誰だ」

「――あ。ごめん」

やはりそれは心に痛く刺さったのか。どうやら真帆も顔にはださないだけで、先日の一件をものすごく気にしていたらしい。

真帆が平然としているから、自分だけがあんなことをされて恥ずかしいので、いっそのことやつのズボンも脱がしてこっちも同じことをすれば「おあいこ」になるのではないかと極端な思考に走りかけていたが、小学生が局部を見せ合うのとは違うのだから、さすがにそれはないなと反省する。

「真帆がなにを考えてるのかはなんとなくわかったけど……だったら、なんで抱きしめてくるんだよ？　よけいにつらくないか」

真帆が不機嫌そうに目をそらすのを見て、また無神経な発言をしてしまったらしいと気づく。

「まだ返事もらってないし、俺はそれだけでも十分だ。このあいだはあんなことしたけど、一哉にそういうことだけをしたいわけじゃない。昔の俺と違うってびっくりするのもわかるから。……一哉が告白の返事をＯＫしてくれても、納得してくれるまで、なにもしなくてもいい。怖いなら、抱きしめるだけでも……」

「…………」

（真帆は一哉くんをがっかりさせたくなかったんだよ）

以前、連絡を断ってしまったのも、容姿が変わったことで一哉を失望させたくなかったから。

そして今回も一哉を怖がらせるのはいやだから、もしつきあったとしても、いやなら抱きしめるだけでいいといっているのか。

「なにもしなくていいって、ずっと抱きしめるだけでもいいのか？　ああいう接触はいっさいナシでも？」

「……ずっと？」

さすがにそれは困るのか、真帆がこわばった顔つきになった。

「あ。いいや、それは普通にありえないよな。ずっとなにもなかったら、フツーに友達だもんな。俺の覚悟が決まるまでって意味だよな」

「……からかってるのか」

「そうじゃないよ。俺だって、いろいろ考えて混乱してるんだから。察してくれよ」

このあいだ酔っていろいろした記憶があるのなら、いまさら抱きしめるだけで我慢するというのは相当な苦行に違いなかった。自分はかなり大切にされていることになる。

一哉も中学生で初めてつきあった女の子は、唇をあわせるだけのキスと抱擁で我慢した。彼女を傷つけたくなくて大切だったから。立場を反対にしてみると、ストンと胸に落ちてくるものがある。

あの頃のようにくすぐったくて、壊れものをかかえているような想いで抱きしめられるのは悪くない。だけど、一哉はもう中学生ではないわけで……。

真帆は「もう勘弁してくれ」といいたげに眉をひそめて、そっぽを向いている。こんなことは口にだして話し合いたいことではないのだろう。

「……一哉、もう一回、ちょっとだけいい？」

「え──あ、うん」

不本意な会話をさせられたから口直しとばかりに、真帆は再び一哉をぎゅうっと抱きしめてくる。相変わらずよくわからない展開だが、もはや抵抗する気にもならない。無言のまま一哉を腕に抱くと、真帆はいつものように心地よさそうな息をつく。

……要するにしゃべるのがストレスなんだな。

真帆がもし女の子だったら、一哉にとっては肉体の接触があった時点で特別な存在になっている。基本的にそういうことをしたら責任をとらなきゃいけないと思っているからだ。真帆の場合は、どうやって責任とるんだろう――いや、俺がされたんだから、真帆に責任とってもらうのか？　真帆を両親に紹介……って、もう家族ぐるみで知ってるし。いつのまにか真帆に告白されてびっくりという段階から、もしつきあうとしたらどうするのか、と具体的に考えはじめてしまっているのがおそろしい。

正直なところ、もういまさらこんな状態では、「ごめん、無理だ、つきあえない」とことわるほうが難しい。ほんとに生理的に無理だったら、告白されたときに即座に拒絶するはずだが、自分はそうしなかった。

――なぜ？

真帆ならいけるかもしれない……と思ったからではないのか。だが、勇気を振り絞ってもう一段階進むためには、どうしても確認しておかなくてはならないことがある。

「あのさ、真帆。ひとつ訊いておきたいんだけど。もしつきあって、俺が全部納得して――真帆と俺でそういう行為をするとしたら、どっちがどっちになるわけ？　その……上とか下とか。真帆も男となんて経験ないんだろ？」

「――」

しばしの沈黙のあと、真帆は「え」と思いがけなかったことを聞いたような顔になった。いまの体格差から予想していたとはいえ、真帆の驚いた反応に一哉の顔がひきつる。

「……やっぱり俺が下？　そんな考えたこともなかったみたいな顔するなよ」

「そうじゃない」

真帆は己の優位性を誇示するというよりは、純粋にとまどうように首をかしげた。

「もし俺が下だったら……一哉が上になって、俺をどうにかできるのか？」

「――」

揶揄《やゆ》するふうもなく、淡々と可能性を検証するといったふうに真面目に問われて、一哉は沈黙した。

押し倒して、真帆がこのあいだしたように、さわるだけなら可能だろう。自分のをするのと同じように刺激すればいいだけだから。だけど、もしその先をしろといわれたら――まったく自信がない。

「できるかどうかはわからないけど、真帆は上になることに抵抗ないのか？　だって、昔は俺に『かわいい』っていわれて、うれしかったんだろ？」

「一哉の好みなのかと思ったから、うれしかっただけだ。さっきもいったけど、俺は昔から一哉のほうがかわいいと思ってた。周りに『女の子みたい』っていわれても、自分が女の子っぽいと思ったことはないし」

「だって、昔はあんなにかわいかったろ？　俺にシフォンケーキ焼いてくれるって」

「顔がそういう造りだったから、そう見えたんじゃないのか。中身は変わってないって、一哉もいっただろ。いまの見てくれになったって、シフォンケーキは焼けるし。行動自体も俺は昔とまったく変えてない」

一哉のためならなんでもしてくれそうな真帆なのに、この件に関しては譲るつもりがないらしい。

一哉としては、てっきり真帆が成長したことによって立場が逆転したものと思い込んでいたが、美少女にしか見えなかった当時から、かわいい顔して上になることしか考えてなかったとでもいうつもりか、こいつは。

「真帆……離して。もう今日は十分に充電したろ」

こんな話をしながら、抱きしめられたままでいるというのが、ひどく間抜けだった。真帆もどこか気が抜けたように「ああ」と一哉を解放してくれる。

「…………」

「…………」

視線が合った途端に、なぜか互いに目をそらした。

いやな沈黙が流れる。もしつきあうことができたとしても、そういう大問題があったのかといまさらながら発見してしまったような気まずい空気。

事実を確認したら、疲労感が一気に襲ってきた。そうか、予想していたとはいえ、やっぱり俺が下か……。

ためいきをつきながら立ち上がり、「じゃあ、おやすみ」と部屋を出ようとしたところで、真帆に呼び止められた。

「――一哉は、俺に抱かれるのがいやなのか」

はっきりと「抱かれる」と口にだされてしまうと心臓に悪い。照れ屋なのかと思えば、真帆は妙なところが直接的なので困る。

いまも酔ってるんじゃないかと思いながら、一哉は首すじまで真っ赤になった。

「え。それは……」

真帆は性格的には好きだ。それは昔から変わらない。

抱きしめられるのもいやではないし――でも、その先となると、男相手なんて考えたこともない。真帆相手だと、子どもの頃から知っているだけに、よけいにそういう関係になるのが照れくさい。まったく知らない相手よりもハードルが高いではないか。

赤くなった一哉を見て、真帆は困ったように目を伏せた。

「一哉が抵抗あるなら、その気になってくれるまで、俺はほんとになにもしない。このあいだ酔ってあんなことしたから信用ないかもしれないけど。……ほんとに抱きしめるだけでも十分なんだ」

「――」

アルコールの助けも借りずにこれだけ心情を吐露《とろ》するのはやはり苦手なのか、真帆は目線を下に向けたまま、なかなかあげようとしなかった。感情のこもらない淡々とした声なのに、なぜか切々とした心情が伝わってくる。

ああ、真帆だな——と思う。先日は「あのかわいかった真帆が……」なんていってしまったけれども、やっぱり変わっていない。

(俺はカズくんが好き)

初めて告白されたときも淡々とした抑揚のない声だった。子どものころから、声だけは真帆のほうが低くて……。

ちくりと胸が疼《うず》く。なんでいつもこちらが悪いような気がしてしまうのか。気持ちに応えない自分がひどいひとでなしのような気分になってくる。

「——真帆、ごめん」

真帆がようやく目線を上げた。かすかに表情がゆがんでいる。

「ごめんって、無理ってことか」

「違う。その……真帆ははっきりといってくれてるのに、すぐに告白の返事できなくて。もう少し待ってくれ」

真帆は気難しげな表情で「わかった」と頷いた。いつもと変わらない調子だが、声のわずかなトーンで、落胆しているのが伝わってくる。ズキズキと心が痛んで、一哉はまともに真帆の顔を見ることができずに「おやすみ」と逃げるように部屋を出た。廊下でこっそりと息をつく。

幼い頃は真帆の告白に「男の子同士だから」と面食らいながらも、「頑張ればなんとかなる」といいきれた。

一哉が昔と同じように覚悟を決めればいいだけの話なのだが、もう少しだけ時間が欲しい。こうなったら誰でもいいから、背中を押してほしいとさえ思う。性格的に好きなのは間違いないのだから、あと少しのきっかけがあればいい。真帆が無理やりにでも押し倒してくれればいいが、さっきの調子だと一升瓶の酒でも飲ませて酔わせないかぎり二度とそんなことしそうもない。

……真帆だからなあ……。ほんとにそういうところが……でも、そういうところが。

妙な汗をかいたおかげで喉《のど》が渇いて、一哉は一階に水を飲みに下りた。てっきり陽人と清香のにぎやかな声が聞こえてくるかと思ったのに、階下はやけに静かだった。

居間を覗《のぞ》くと、テーブルに酒盛りのあとはあるものの、誰もいない。庭に続く硝子《ガラス》戸が少し開いていたので、二人が外に出ているとわかった。

雲のない綺麗な夜だったから、月でも愛でているのか。窓の外を見ると、二人が庭に並んで立っていた。

声をかけるのをためらいながら硝子戸のそばによると、話し声が聞こえてきた。

「……結局、羽瀬も陽人もいまだに独り身だもんな。いいひとはいないの？」

清香の笑いを含んだ問いかけに、陽人が肩をすくめてみせる。

「清香もだろ。自分を棚上げするなよ。嫌いじゃないなら、羽瀬に迫ってみたら？　あいつは悦ぶよ」

「いつの話をしてるんだよ。彼が僕を女だと間違ったのは、学生の頃だろ？　いいかげんその話でからかうの、やめなよ。羽瀬が気の毒になってくる」

「いいんだよ。あいつは実はからかわれたいんだから。花梨に対するデレデレぶり見てると、要するにひとりっこで寂しかった甘えん坊さんなんだよ。やつが昔からスカしたような大人っぽい態度とるのはその反動。ファザコンだし」

「きっついなあ」

「俺が？　羽瀬に対して？」

「ううん、自分に対して。自虐趣味だよねえ。真帆にもキツイし」

「冗談だろ。俺はSですよ。それに、真帆にきついのは清香もだろ」

「だってあの子はつれないんだもん」

お兄さんバージョンで話していたはずの清香が、ふいに甘えたような声をだしたのでぎょっとした。陽人の返答にも、とまどったような間があく。

「なんだ……真帆のこと、本気なんだ？　あいつをどこに連れて行こうとしてるわけ」

「画商の夢ですよ。見出した原石を磨いて、高く売るのは」

「へえ……俺はやっぱりかわいい従兄弟《いとこ》が妙なところに売られないように気をつけなきゃいけないわけだな」

「やあねえ、信用して」

いきなり女言葉に切り替わる清香に、陽人は「そういうところが信用できない」と苦虫を噛《か》み潰《つぶ》したような声を返す。

(清香は自分の好みに真帆の人生をコントロールしそうだから、身内としては搾取されそうで心配なんだよ)

ふいに以前陽人がいった台詞《せりふ》を思い出す。あのひと、本気で……。

「……真帆といい、陽人や羽瀬といい、なんで僕の周りには面倒くさい男しかいないんだろうね。まあ、そういうのが好きなんだけど。もっと気楽にいきたいのに」

清香がどこか楽しげにぼやく。

「清香に好かれた覚えないけどな」

「またまた、つれないことといって。僕といい感じになると、羽瀬に誤解されるから?」

「……」

なんだかあやしい気配になってきた。どうも聞いていてはマズイ会話のように思えて、一哉は音をたてないように窓辺から離れた。

清香が男だとわかって、てっきり陽人と羽瀬と清香は、学生の頃からの仲良し三人組なのだと思っていたが、そんな単純なものではないのだろうか。

以前陽人から、清香は真帆の才能をかっているし、男としても好みだからパートナーになろうとしていると聞いたことはあった。だが、相性が悪いのは見ていてもわかるし、どこかで本気にはしていなかった。

(真帆のこと、本気なんだ?)

でもあらためて陽人が清香本人にあんなことをいっているのを聞いてしまうと、さすがに心穏やかではない。

画廊の人間として目をかけてくれる以上の意味で、真帆を男として狙ってるんだろうか?

でも、陽人にも妙に気があるような、あやしいことをいっているのはなぜなんだ?

ふいに「アレは魔性なの」という花梨の声が脳裏にやけにリアルに再現される。

——もしかして、ほんとに魔性?


一哉がバイトしているカフェは、裏路地に一歩入ったところにあって、人通りは少ないのだが、常連がついているせいか不思議と客が途切れない。

今日は朝からシフトに入っていて、夕方には上がる予定だった。あともう少しで終了時間という頃になって店内によく見知ったふたり組が入ってきた。

スーツ姿の羽瀬とジャケットにパンツ姿の清香だった。男らしい二枚目の羽瀬と、ほっそりとした美人に見える清香は、性別さえ知らなければ絵に描いたようにお似合いのカップルだった。

広い店内ではないので、ふたりはすぐにフロアに立っている一哉に気づいた。「あらあら」と清香が目を瞠る。

「いらっしゃいませ」

「一哉くんのバイト先だったんだ、ここ」

悪戯っぽく微笑む清香の背後で、羽瀬も「頑張ってるか」と笑顔を見せる。

「一哉くん、バイト何時までなの？」

「え……五時までですけど」

清香はちらりと華奢な手首をひねって腕時計を覗き込んだ。

「あと十分ぐらいね。じゃあ、バイト上がったら、こっちにきてよ。少しお話ししよう」

「でもおふたりの邪魔なんじゃ」

「邪魔じゃないわよ。終わったあとなら、お店のひとに文句もいわれないでしょ？　ね？」

やんわりながらも強引に誘われて、一哉はことわることができなかった。羽瀬はといえば、自分は我関せずというふうにすでにテーブルの席についている。

やがてバイト時間の終了となり、更衣室で着替えてから一哉はカフェの店内に戻った。

羽瀬と清香はにこやかに雑談している。一哉を見ると、清香が「おいでおいで」と手招きした。

「お疲れさま。なに飲む？　お腹すいてたら、食べるものもとっていいわよ。羽瀬くんのおごりだから」

「あ、じゃあキャラメルクリームパフェで」

清香は「かわいいの頼むのねえ」と少し笑ったものの、「すいません」とすぐに店員に声をかけてオーダーしてくれた。

外にいるせいか、清香は完璧に女言葉だった。この見てくれで男言葉でしゃべりだしたら、そちらのほうが目立ってしまうからか。

「腹すかないの？」

羽瀬にたずねられて、一哉は曖昧《あいまい》に頷く。

「もうすぐ夕飯だし」

「ここで頼んで食べておけば、一食浮くじゃないか」

そのとおりだったが、この面子でひとりだけ図々しく食事をとれるわけもない。

「羽瀬くんがさっき感心してたのよ。一哉くんはちゃんとバイトしてて偉いなあ、って。真帆でさえバイトしてるもんね。羽瀬くんは、学生のときにバイトしたことないのよね」

羽瀬が「ばらさないように」と渋面をつくる。

「いいじゃない。羽瀬くんらしいから。お父様に止められたのよね？　で、花梨ちゃんが大きくなったら、羽瀬くんはバイトさせる？」

「絶対に止める。危ないから」

清香は「ね？　あきれるでしょ」というように一哉を見てから、ふふと口許で笑う。

先日、陽人との妙な会話をしているのを聞いてから、清香には妙な警戒心をもってしまう。

（真帆のこと、本気なんだ？）

一哉はまだ真帆に返事をしていないから、なにもいう権利はないのだが、それでも幼馴染みとして気になる。

真帆と清香は顔を合わせるたびにいいあいになっている。あの様子を見ている限り、清香が個人的に真帆に男としての興味をもっているとはとうてい考えられない。

それでももし狙っているとしたら――画廊の仕事で専属契約を結びたいから、色仕掛けをしようとしているのかと穿《うが》ったことを考えてしまう。真帆にそんなものが通じるのかはまた別の次元の問題だが。

「――俺はまだ一件、片付けなきゃいけないところがあるから」

しばらくとりとめもない世間話をしてから、羽瀬がひとりで立ち上がった。最初から聞いていたのか、清香は「ん、頑張って」と手を振る。

「一哉くん、メシほんとにいいのか？　いまオーダーすれば払って行くけど」

伝票を手にした羽瀬に問われて、一哉はあわててかぶりを振る。

「あ、大丈夫です。家で食べるから。ごちそうさまです」

「俺は遅くなるから、陽人が家に帰ってたら、そう伝えてくれるか」

「わかりました」

「じゃあ」と羽瀬の背中が出口に消えるのを見送ってから、一哉が何気なく肩の力を抜いたのを目ざとく観察していたのか、清香はやんわりと唇の端を上げた。

「あら、一哉くんは羽瀬くんにはずいぶんと他人行儀なのね」

「だって、羽瀬さんは一緒に暮らしてても、陽人さんほど気安い感じではないから。それに、ちょっと家で見るのとイメージが違うっていうか……外でこうして会うと、すごい大人の紳士みたいに見えるんでびっくりした」

一哉が正直な感想を口にすると、清香はおかしそうに噴きだした。

「いやだ、羽瀬くんが聞いたら、怒るわよ。彼はもともと紳士よ、昔っから。でも陽人くんと一緒にいると、なぜか悪戯っ子になるのよね。で、陽人くんは羽瀬くんと一緒にいると、ちょっといいひとになるの。面白いのよ、あのふたり。陽人くんも、根は優等生で真面目だしね」

幼い頃の記憶に残っている陽人は、いまとは少し印象が違う。子ども心にも、えらく賢そうで行儀のよさそうなお兄ちゃんだと思った覚えがある。

「……たしかに。学生服きてるときは、陽人さんはそんな感じでした」

「そんな昔から知ってるんだ？　陽人くんて、カメレオンみたいに印象が変わる人なのよ。たぶん一哉くんと接してるときは、面倒見のよさそうなお兄さんに見えるんじゃない？　一哉くんはしっかりしてそうだし、毒の吐きようがないもんね。だけど、真帆に対するときにはあのひとも少しひねくれるのよね。おもしろい」

学生のときからの友人だけあって、清香が陽人たちを語る口調には、特別な情感が込められている。容赦なく批評しているように聞こえても、どこか響きがやさしく、あたたかい。

「清香さんは陽人さんたちと仲いいんですね」

「そうね、ずいぶん長いつきあいだから」

「……今日、なんで完璧に女言葉なんですか？」

「うん？　羽瀬くんと一緒だったから、その名残り。わたしがこの格好で変な言葉遣いすると、目立つでしょ？　彼は陽人くんと違って、対面を気にするお坊ちゃんだからね。ゆったり構えてるように見えるけど、そういうとこは敏感で常識人なのよ」

……なるほど、一哉には少し距離がある羽瀬のことも完璧に理解している。伊達に長年、友人をやっていないということか。

これならむしろ清香が陽人と羽瀬のどちらかと恋仲だといわれたほうがしっくりくる。あのふたりよりも、真帆を恋愛感情で見ているとはとうてい思えない。

このひと、真帆をどういう気持ちで狙ってるんだ？　画廊の人間としてだけ？

(またまた、つれないことといって。僕といい感じになると、羽瀬に誤解されるから？)

陽人と話していたときの、あの台詞も引っかかる。あれではまるで三人のあいだに縺《もつ》れた恋愛感情でもあるのかと勘ぐってしまうではないか。まさか男同士の三角関係？　……想像したくない泥沼だったが、あえて踏み込む。

「あの……俺、最初に清香さんに、羽瀬さんか陽人さんか、どっちかの彼女さんですか？　って聞きましたよね？」

「うん、いってたね。きみがそういったときのあのふたりの顔、見事にひきつったでしょ？」

「じゃあ、もしかして彼女じゃなくて——その、彼氏ですか？」

「……」

清香は驚いたように目を見開いてから、しばらく固まった。やがてその口許が「は——」と笑いのかたちに開く。「ハハハ」と男そのものの野太い声で笑いかけてから、はっと周囲の視線を気にしたのか、ごほんと咳払いをして「失礼」と口許を押さえる。

「いやだわ、そんな……——」

途中まで女言葉でいいかけたものの、限界だったらしく男の声に戻る。

「……まったくおもしろいことというなあ、一哉くん。陽人と羽瀬にそれいってみなよ。相当にイジメられるから」

清香はひどく楽しそうだった。その反応で見当違いをいっていることはわかったが、どうも納得がいかない。

「……違うんですか？　だって、てっきり……」

それじゃあ「羽瀬に誤解される」ってどういう意味だとたずねたかったが、盗み聞きしていたと告げるのは得策ではないような気がした。

「だから、陽人には直接聞いてみなって。羽瀬はちょっとかわいそうだけど。彼、学生のときに僕を女性だと間違って誘ったことで、いまだに陽人にネチネチやられてるからねえ」

先日のやりとりの意味はわからなかったものの、どうやら男同士の三角関係というのは的を射てはいないようだった。

陽人と羽瀬が絡んでないのなら、むしろ清香は本気で真帆を――？　と懸念してしまう。

画商の夢は結構だけれども、恋愛感情がないのなら、真帆に変な意味で興味をもたないでほしかった。清香が同性愛者なら、てっとりばやく画家として有望株であると目をつけている真帆を人生のパートナーにしたいと考えるのもわからないでもないけれども。

「清香さん。焼肉のとき、真帆に話があるっていってたじゃないですか。あれ、なんの話だったんですか？」

「ああ、いろいろと細かい話を詰めなきゃいけなかったから……いわなかったかな？　留学のこと」

たしかにその言葉はすでに聞いていたし、頭のどこかで予期していたはずなのに、はっきりと口にされてしまうとショックだった。やっぱりその話だったのか。

「――留学って……真帆のですか？」

「うん、ニューヨークにね。真帆は『飛行機こわい』ってふざけたこといって、いやがってたんだけど。ようやく気が変わってくれたみたいで……とりあえず外の風に当たってきてもらわないと。まだまだいろんな引き出しがあるはずだから」

「いつですか？」

「夏に予定してるけど。……聞いてない？　前から話だけはしてたんだよ。ただ時期が決まってなかっただけで」

真帆から留学の話なんて聞いていない。先日、「いまは一緒に暮らしているから、告白の返事も待つ」といっていたから、まだ時間があるのだと思っていたのに。

夏なら、もうすぐではないか。一緒にいられる時間なんて限られている。

5

家に帰り着くと、甘い匂いが出迎える。比喩《ひゆ》的にではなく、実際に鼻腔《びこう》をくすぐるバターと砂糖がとろけたような香りがするのだ。

キッチンをのぞくと、エプロンをつけた真帆《まほ》が調理台の上に載せられたアップルパイを前にして、難解な方程式をとくように眉間《みけん》に皺《しわ》をよせていた。

「真帆？　ただいま」

一哉《かずや》が声をかけると、真帆は「おかえり」と反応したものの、すぐに手元のアップルパイに視線を落とす。

「あれ？　今日もアップルパイ、作ったんだ？」

出来が気にくわないのか、甘い香りが漂うなかで、真帆は不釣り合いなほど苦い顔をしている。

「うまくできたのかどうか、よくわからない」

「まだ食べてないだろ？」

「りんご煮た時点で、微妙だった」

「でも美味《おい》しそうだけど？　微妙とかいいつつ、真帆は昨日作ってくれたのも、美味しかったじゃないか」

気分を盛りあげるべくいってみるものの、たいして効果はなかったらしく、真帆は硬い表情でキッチンを出ていく。

ここのところ、真帆は毎日のようにお菓子作りにいそしんでいる。最初は三日連続でシフォンケーキだった。三日目に、さすがにこれ以上続いたら苦しいと判断して、一哉が「美味しいけど、毎日はちょっとキツイかなあ」といったら、真帆は憮然《ぶぜん》とした顔つきで「じゃあほかになにが好きだ」と聞いてきた。一哉が「アップルパイ」と答えたため、翌日からアップルパイ地獄がはじまったのだ。

真帆が菓子づくりに凝りはじめたのは甘党の一哉のためにほかならなかった。普通ならここで、「俺のためか……」と心打たれてもいいはずだが、素直に感動できない理由があった。芸術家肌というか、凝り性の真帆は自分の満足するような菓子ができなければ機嫌が悪くなり、周囲におそろしく迷惑だからだ。

本来なら手作り菓子をプレゼントされてうれしい立場のはずだが、たいていは仏頂面の真帆の機嫌をとって「美味しいよ、真帆」と粘り強く訴えて力づけてやらなければならず、手間がかかって非常に面倒くさい。

「あいつには得意なものしか作らせないほうがいいよ。上手くなるまで、ずっと同じの作り続けるから。驚異の粘着質」

陽人《はると》にいわれてなるほどと思ったものの、とりあえずアップルパイが完璧になるまではなにをいっても無駄だった。もうすでにお店レベルで上手いと思うのだが、さらなる向上を目指しているらしい。

それにしてもなんでまた急にお菓子作り？

もっとなにかほかにすることがあるのではないだろうか。俺になにか話はないのか。留学のこととか。

先日、清香《さやか》に話を聞いてから、真帆が話してくれるのを待っているのだが、一向にその気配はなかった。清香から「聞いてない？」といわれたときに、真帆から詳しい話をされてないと思われるのが癪《しゃく》で、「あ、そういえばそんなこといってたかな」ととっさに答えてしまったせいで質問もできなかったため、いまだに詳しい話がよくわからない。

アップルパイを上手く作るよりも、俺に伝えることがあるはずだろ？　真帆？

顔を合わせるたびにそう念じてみるのだが、真帆には通じている様子はなかった。一哉の視線を感じると、困惑した表情を浮かべて目をそらしてしまう。「俺、なにもマズイことやってないよな？　無罪だよな？」――といいたげに。

そして今日も、留学の話などしそうもなく、真帆はアップルパイ作りで疲れたのか、居間のソファにぐったりと腰掛けた。「真帆、いえよ」としつこく念じながら一哉が隣に座ると、なにかしらのプレッシャーを感じたのか、真帆が前を向いたままぼそぼそっと低い声で呟《つぶや》く。

「夕飯は筑前煮《ちくぜんに》とかぼちゃのサラダ——あと、金目鯛《きんめだい》の干物を焼くだけにしてある」

いや、そうじゃなくて——とがくっとうなだれる。だが、真帆とのコミュニケーションがうまくいかないのはいまに始まったことではないので、これぐらいではめげない。

「俺の分も作ってくれたの？　ありがと。悪いな。ここんとこ毎日じゃない？　食費、半分だそうか」

「いや。いつも用意できるわけじゃないから」

陽人と羽瀬《はせ》が帰ってくるのはもう少し遅いので、夕飯前のこの時間帯は真帆とふたりきりだ。以前は真帆が自室にこもっていることが多かったが、最近はこうして外出予定やバイトがないときはたいてい家で夕飯とデザートを作って一哉の帰りを待っている。

真帆もそれなりに美大の友達とはつきあいがあるようだし、外出で留守にすることも多いので、こうやって夕食を作ったりするのは一時的なことなのだろう。

「今日、学校行ったの？」

「行った。ヒトコマだけで帰ってきたけど。制作室にもいったけど、長くはいなくて」

どうやらグループ展が終わって一区切りついたので、いまは創作意欲的にも一時休止の状態らしい。

「……真帆、清香さんと、会った？」

「清香？　なんで？」

真帆はいやそうに眉をひそめる。どうして「いま、清香の名前をだすんだ」といいたげだ。陽人の名前をだしたときの反応とひどく酷似している。真帆的にもあのふたりは同じカテゴリらしい。

留学の話を引き出そうとしていたのだが、やはり話すつもりはないようだ。

一哉が再び「話せよ」と念じたためか、真帆はわけがわからないように眉間に皺を寄せた。だんだんその皺が深くなる。どうして一哉が清香の名前をだすのか、真帆なりに見当をつけようとしているらしい。

「……今度の土曜日、画廊で会うことになってるけど」

「へえ、なんで？」

「前に紹介されたことのある画家のひとが個展を開くことになって――あ、金曜日の夜にも会うか。パーティーがあるから」

名前をだされただけでしかめっ面になるわりには、清香との予定は詰まっているようだった。なんとなく面白くない。

一哉がむっとした顔をするので、真帆はますますわけがわからないようだった。

「――それがどうしたんだ？」

「べつにいいんだけど」

一哉も真帆にいちいち大学や友だちのことをことこまかに話さない。だから、真帆も同じ感覚なのは当然なのだが、それがなんでこんなに気に食わないのだろう。

留学の件を話さないのには、もしかしたら詳細が決まるまで待っているとか、理由があるからに違いないのだ。わざと隠すわけがない。

いちいち引っかかるのは、清香が知っていて、自分が知らないからだ。これじゃほんとに嫉《しっ》妬《と》してるみたいじゃないかと我ながらあきれる。

「――清香の話はしたくない。いまは」

いきなり真帆がいいきったので、一哉は面食らった。……タイミング的に、生霊《いきりょう》でも乗り移って、一哉のいいたい台詞《せりふ》を真帆がいったように聞こえたからだ。

「あ……そうなんだ。じゃ、なんの話をしたいんだよ?」

「なんのって――なんでもいいけど」

真帆は硬い顔つきになって、そっぽを向く。なにが気にくわないのか、あきらかに機嫌を損ねてしまったようだ。

「……いまは、ふたりきりだし」

ぼそりと低い呟《つぶや》きが漏れたのを聞いて、一哉は耳を疑った。

先ほどの台詞と合わせると、「いまはふたりきりなんだから、清香の話はしたくない」というように聞こえる。

真帆は一哉のほうを見ないまま、いくらか決まりが悪そうに前髪をかきあげた。照れと苦々しさの混じりあったためいきをひとつ。

ひょっとしたら、ここのところ夕食やデザートをせっせと作って待っていたのは、真帆なりに一哉とふたりで過ごす時間をつくろうと努力していたのか。

お菓子作りが始まったのは、思い返せば焼肉パーティーのあとだった。あのとき、「返事はもう少しだけ待ってくれ」と一哉がいってしまったので、真帆なりに自分の気持ちを精一杯アピールしているつもりなのかもしれない。最後に「もう一押し」とでも思っているのか。

……俺に告白の返事をＯＫといわせるために？

まさか真帆がそんな定石通りの手を使ってくるとは思っていなかったので意外だった。菓子作りの際の粘着質に辟易《へきえき》していたせいで目を眩《くら》まされていたが、驚くほどまともなアプローチではないか。

一哉がまじまじと見つめると、真帆ははにかむように伏し目がちになった——ように見えた。ほかのひとが見たら、たぶんそっけなく怒った様子で目をそらしたとしか映らないだろうが。

「……一哉と一緒に暮らせるようになったら、毎日俺がケーキ焼いてあげて、メシも作ってあげようと思ってたんだ。いまはよけいなのが二人いるから、こうやってふたりで過ごせる機会ってなかなかないし」

真帆にしては、頑張ってしゃべっている。「よけいなの」とは陽人と羽瀬のことだろう。

「うん……でもふたりきりで話したいなら、いつでも部屋にきていいよ。俺が真帆のところに行ってもいいし」

「……でも部屋の外にあいつらがいると思うと、集中できない」

なにに集中するんだよ、というツッコミは怖いのでやめておく。

ともかく夕飯を先に食べて、真帆お手製の筑前煮やらをほめてやろう。そうすれば機嫌も直るに違いないと判断して、一哉はソファから立ち上がる。

「……真帆、少し早いけど、ごはんにしようか。魚、焼くんだろ？　それは俺がやるから」

途端に横から腕が伸びてきて、一哉の手首をがっちりとつかむ。

「——いい。俺が焼くから」

「なんだよ。魚の焼き方にもこだわりあるのか？」

「そうじゃない——もう少し」

真帆は怒ったようにいって、途中でぷつりと言葉を途切らせてしまう。「もう少しここにいろ」ってことだなと解釈して、一哉はソファに座り直す。

「まだ真帆はごはんの気分じゃない？」

真帆はこくんと頷《うなず》くと、一哉の手首を握ったままうなだれた。いいにくそうに口を開く。

「……少し、いい？」

「え――」

なんだよ？　と問う前に、真帆はいきなり覆いかぶさるように一哉のからだを抱きしめてきた。

言葉がなかなかでてこないわりには、真帆はどういうわけか行動が素早い。さすがにこれだけ何回も抱きしめられていると、もう免疫がついてしまって、「ああ、充電か」と思うだけだった。

「もう少ししたら、陽人さんが帰ってくるよ？　今日早いっていってたから」

「――わかってる」

真帆は小さく頷くと、心地よさそうに息を吐いて、当然の権利のように一哉のからだをぎゅうううっと抱きしめる。

ふたりきりになって、なにかいいたそうにしているな、と思うと、真帆はたいていこうして一哉を抱きしめてくる。関係性がはっきりしないまま、こんな行為が習慣化してしまっているのはどうかと思うが、先日も「減るものじゃないから」といってしまった手前もあって、いまさら拒めない。

成り行きというのもあるが、なによりも周囲に独特のバリアーをはって、不機嫌面でふてぶてしそうに見える真帆が、実際はそれなりに外界に対していつも緊張していて、一哉をこうして抱きしめているときだけ肩の力を抜いているのがわかるからだ。

酔ってたとはいえ、一度は性的な意味でもふれてきているのだから、もう少しタガが外れてもよさそうなものなのに、どうやら真帆には「一回やってるんだから、なにやったって同じだろ」的な思考はないらしく、「抱きしめるだけで十分だから」の言葉通り、毎回実に礼儀正しく抱擁してくる。

我慢しているのか、時折、こめかみや耳にたまらなそうにキスしてくることはあるが、必ず「ごめん」と謝ってくるし、抱きしめたあとは「悪い」とか「助かった」とか気まずそうに口にする。そんな態度をとられると、こちらも「いえいえ、どういたしまして」としかいいようがない。

いっそのこともう押し倒せよ、男役やりたいんだろ？　でなきゃ俺が押し倒すぞ——と思わなくもないのだが。

真帆のそういう勘違いに紳士的なところも好きだったりするので、一哉としては身動きがとれない状態だった。

最初はいくら性格が好みでも、幼馴染みだし、自分よりデカイ男だし……という気持ちがあったが、最近はもう抱きしめられるたびに判断力のどこかが抱擁の圧迫感で壊死《えし》でもしているのか、どうでもいいような気持ちになってくる。

このままの勢いで「好きにしてくれ」と真帆の前に身を投げだしてしまってもいいとさえ思うのだが、いまになって引っかかるのは「留学」の件だった。

……なんでなにもいわないんだよ？

またもや一哉がなにかいいたげにしていることだけは伝わったらしく、真帆は顔をあげて「なに？」と目を覗《のぞ》き込んでくる。至近距離から、抱擁のせいかわずかに興奮で潤んだような瞳に見つめられるとドキリとする。

「あ……いや。真帆、今度、飲みに行かない？」

酒を飲ませれば、以前みたいに少しは開放的になって口もゆるくなるだろう——との思惑からの誘いだった。ほかの部分もゆるくなるような気がするが、それならそれでもう潔く押し倒されてやろうという気になってくる。

「なんで？　飲みたいの？」

「だってふたりで飲みに行ったことないだろ？　出かけたこともないし。どっか行きたくないのか？」

「——そうだな」

最初はわずかに訝《いぶか》るような調子だったが、一哉にお出かけしようとねだられるのはうれしいらしく、いつも無表情の真帆の眦《まなじり》がやわらかく下がる。

「じゃあ、飲みに行こう。どんなとこがいいんだ？」

「あ……うん。どこでも。真帆が選んでくれれば」

「わかった」

真帆はかすかに唇の端をあげて微笑《ほほえ》む。レアものの笑顔を不意打ちで見せられて、一哉はうろたえてしまった。

相手があまりにも素直に喜んでくれるので、罪悪感にチクチクと胸が痛む。……というよりも、胸の底が痛みを通り越して疼《うず》くのだ。甘くてきゅんとくるような熱。なんだって真帆相手にこんな気分になるんだろう。

ちょうど真帆がさらにぎゅうっと抱きしめる腕に力を込めてきたので、一哉は真帆の頭に手を伸ばして「よしよし」と髪をなでた。

完全に、飼い主のほかには愛想を振りまかない、しつけのよい大型犬になつかれているような気分だった。いまはこんなにでっかいけど、子どもの頃はかわいかったんだよなあ、こいつも……という想い出があるのも同じ。

もうしつけのよい犬でなくてもよくて、襲われてもいいんだけどな――と思いながら髪の毛に指を這《は》わせる。そのつややかで花の匂いのする髪の毛にキスしたいような気分になったとき――。

「――なんで？」

ふいに真帆が低く呟いて、一哉から身を離した。

「なんで一哉はそういうふうにするんだ？」

「……え、頭なでられるの、嫌い？」

ひょっとして、キスしたいと思ったのが伝わったのか。

もちろんそんなことはなくて、頭をなでたことに対する反応だった。気に入らなかったのかと思ったが、真帆の表情を見るとそういうわけでもなさそうだった。わずかに目許が赤らんでいるようにも見える。

「嫌いじゃないけど――なんで」

そこで言葉を切り、真帆はいったん唇を嚙《か》み締めると、再び一哉を抱きしめてきた。自分から離れたくせに、もう一度抱きしめてくるなんて、わがままなやつ。

完全に振り回されていると、一哉はためいきをつく。だから次の瞬間、真帆の口から漏れた苦しげな声には耳を疑った。

「……振り回さないでくれ」

「はあ?」

思わず大声で聞き返してしまった。

自慢ではないが、ひとに振り回されたことは多々あれど、振り回したことは一度もない。

真帆と再会してからも、「好きだ」といわれてびっくりさせられて、いつのまにか「充電」と称して抱きしめられるのが当然の状態になっていて……そもそも子どもの頃、いきなり「大きくなったら、一緒に暮らしたい」といわれたときから、真帆には振り回されっぱなしではないか?

「なにいってるんだよ、いったいどっちが――」

一哉がそういいかけたときだった。視線を感じて戸口のほうを見やると、陽人が仕事から帰ってきたらしく目を丸くしてソファで抱きあうふたりを見ている。

「……陽人さん……」

一哉が声をあげると、真帆がすばやく反応して身を離し、ソファから立ち上がった。

陽人は「いやいや」と頭をかく。

「あー、ごめんね。ちょっと早く帰りすぎたかな……お邪魔だった？」

「いや、べつに……」

どう答えていいものかわからずに、一哉は曖昧《あいまい》な笑みを浮かべる。真帆はこわばった顔をして陽人を睨《にら》んでいた。

陽人の目にほんのりと意地の悪い光が浮かぶ。

「真帆？　あんまり一哉くんを怯《おび》えさせちゃ駄目だぞ。おまえ、昔と違ってデカくて怖いんだから」

真帆は返事もせずに居間を出ていってしまった。

ちょっと待てよ、この状況で残されたら、俺はどうなる？　と思ったものの、真帆にろくなフォローなど期待できないのだから、いてもいなくても一緒だった。

真帆と入れ替わりに、陽人がにやにやしながらソファへと近づいてくる。

「あらら、あいつ、いっちょ前に怒ってる。真帆は『デカい』とか『怖い』っていわれるの、嫌みたいだね。だったら、もうちょっと愛想よくしてかわいくしてればいいのに」

「はあ」

なんと返事をすればいいのやら。真帆が昔と容姿が変わったことを気にしているのは知っているだろうに。……このひと、ほんとに真帆に対してはイジメっ子なんだな、とあきれる。

「一哉くんは真帆と順調に進展してるみたいだね。よかったよかった」

「……よくないですよ」

「またまた。いまだってずっと抱きしめられてただろ。真帆って意外と手が早いのな。で、ほんとのところどこまで進んでるの？　いや、真帆に聞くか」

「ちょ……ちょっと待ってください」

真帆を追いかけようとする陽人の腕を、一哉はあわてて立ち上がってつかむ。いまの調子で追及されたら、また新たなトラウマになってしまうではないか。

「やめてください。真帆をそのことでからかうの。いま、見てたでしょ？　抱きしめられただけです。以上っ」

「そんな怖い顔しなくても。俺はべつにからかってなんかいないんだよ。前にもいっただろ？　きみたちがうまくいってくれるといいと心の底から願ってるだけなんだから」

「……ほんとですか？」

限りなく疑わしいので、一哉は陽人をじろりと睨む。

「ほんとほんと。ね、からかわないから、教えて？　真帆ときみって、上手くいったの？　一哉くんは真帆の気持ちを受け入れたわけ？」

「受け入れるもなにも、あいつ……どうせもうすぐ留学するんでしょ？　俺にそのこと話さないし……なんていうか」

陽人はきょとんとした顔をした。

「え？　留学？」

「清香さんがいってましたけど……夏には留学するって。陽人さんも知らなかったんですか？」

「いや。前から清香がいろんな話をもってきてるのは知ってたけど……そうか。決まったんだ。でも、あれは――」

いいかけて、陽人は途中でいきなりしかつめらしい顔つきになった。

「清香が夏には休暇とるっていってたアレかあ。まあ真帆も最初は心細いだろうから、苦手な清香でもそばにいてくれると心強いだろうけどね」

「休暇をとる？」

「まあ旅行も兼ねて、真帆につきあうつもりなんじゃない？　すごいよね。そこまでされたら、いくら真帆が変わりものでも、ちょっとはほだされるかもね。見知らぬ土地に行くわけだし。

清香もいよいよ本気になったのかなあ」

「本気ってどういうことですか？　清香さんが真帆を狙ってるってほんとなんですか？」

「いまは絵のことだけど、信頼関係ができれば、そっちも本腰入れるかもね。清香はやり手だから」

いまでも、真帆は画廊関係では清香と一緒に行動をともにするのをいやがっていないように見えた。おそらく美術に関しては信頼しているのだ。先ほどもオープニングパーティーだの個展だのといっていたばかりではないか。

「——気になる？　一哉くん」

陽人におもしろそうに問われて、一哉は「べつに」とかぶりをふった。

告白されて、返事待ちをさせているのは一哉のほうなのに、どうしてこんなに焦った気分にならなければいけないのか。

「だから、花梨《かりん》のいったとおりでしょ？　女の勘を甘く見ないことね。魔性は魔性なのよ。清香くんはお兄ちゃんでさえ骨抜きにしてたんだから。学生時代、デートを申し込んだことがあるんですって」

花梨は得意げにいってから、目の前のストロベリーワッフルの上にのっているアイスをスプーンですくった。

焼きたてのワッフルの上に、イチゴとバニラのアイスが二段重ね、チョコチップとキャラメルのかけらがちりばめられ、さらに生クリームがたっぷりとしぼられて、真っ赤なストロベリーソースがかけられている、とてもボリュームのある一品だ。

「それ、清香さんが女性だと思って誘ったって話だろ？」

「そう。陽人くんがいつも笑い話にしてる。どっちにしても、清香くんが真帆くんに本気をだしてきたら怖いわよ」

花梨からいきなり「スイーツ巡りにつきあえ」とのお誘いがあったので、うららかな土曜日の午後、一哉は花梨の自宅の近くにあるカフェで向かい合わせにお茶を飲んでいた。住宅街のなかにひっそりと佇《たたず》む、なかなかかわいらしくて洗練された店だ。

花梨おすすめのストロベリーワッフルに、一哉もフォークを突きさす。「このワッフル、おいしいね」とほめると、花梨は満面の笑みを浮かべた。

「でしょ？　一哉くんにはわかると思ったわ。甘党だっていってたから。お兄ちゃんも陽人くんも、甘いものはとりたてて好きじゃないから、花梨のスイーツ巡りにつきあわせてもこっちが気を遣って疲れてしまうのよ。ケーキ一皿で、もうお腹いっぱいっていうんだもの」

清香と真帆たちの関係を知りたくて、花梨の誘いを受けたのだが、小学生からはさすがにこれ以上込み入った情報は聞きだせそうもなかった。

パンプキンプリンと、ほかにケーキ二皿をたいらげたあと、花梨は満足したように席を立つ。

「今日はこのまま、花梨は一哉くんのところにいってもいい？　真帆くんにも陽人くんにも会いたいし」

「真帆は留守だよ？　清香さんと画廊に出かけたから。なんか注目してる画家さんの個展があるって」

留学の件もあるから、いろいろあるのだろう。まだ真帆の口からは留学云々《うんぬん》は一言も聞いていないけれども。

留学って一年ぐらい？　短ければ、半年ぐらいのコースもあるのか？

たとえ数カ月のことだとしても、いまだに真帆が話さない理由がわからない。一哉としても完全にたずねるタイミングを逸してしまった。

「じゃあ、真帆くんが帰ってくるまで家で待ってるわ。お兄ちゃんは忙しくて土曜日出勤だって聞いたけど、夜にはいつもより早く帰ってくるでしょ」

一哉と花梨はカフェを出て、駅までの道を歩きだす。こんなふうに花梨とふたりで並んでいるところを大学の友人にでも見られたら、また「ロリコン」のレッテルをはられてしまいそうだった。

花梨は今日もフリルのついたかわいらしいワンピース姿だ。通り過ぎる女性の二人組が、

「あの子かわいい」と囁《ささや》いていくのが耳に入る。本人にも聞こえているのか、うれしそうな笑顔になった。

だが、やがて同い年ぐらいの兄妹らしきふたり連れとその母親の三人組が前から歩いてくるのに遭遇すると、花梨の表情がいきなり曇った。いくら花梨のほうが着飾っていてかわいらしくても、その女の子は母親と兄のふたりに両脇から手をつないでもらっていたからだ。愛されている自信からか、笑顔が輝いている。

むう、とふくれる頬を見て、すぐに誰にでもライバル心を燃やす傾向があるんだなとおかしくなりながらも、一哉が「つなぐ?」と手を差し伸べてみると、花梨はぱっと笑顔を見せて手を握ってきた。

女の子たちの一行とすれ違ってしまってから、いきなり手を握っているのが恥ずかしくなったのか、花梨はすぐに手を離した。最初は甘やかされているせいでわがままな子という印象が強かったが、はにかみ屋のところが意外にかわいらしい。

「もういいの?」

「いいわ。花梨と手をつないでると、一哉くんがロリコンだって思われちゃうわよ。真帆くんもいつもいやがって手をつないでくれないもの。『犯罪者だと思われる』って」

ハハ……と力なく笑いながら、もう先日の件で一部には誤解されてるけど、と心のなかで呟く。

「……花梨は、お兄ちゃんとママとあんなふうには歩けないなあ。お兄ちゃんは花梨には優しいけど、ママたちと一緒に過ごすのはいやがるから」

どうやらさっきの兄妹と、自分と羽瀬の関係の違いを嘆いているらしい。陽人から聞いた話によると、羽瀬が花梨の母親を避けるのは当然の気もするけれども。

「花梨ちゃんと羽瀬さんはだいぶ年が離れてるから、あれと同じ雰囲気ってわけにはいかないだろ。でも、すごくかわいがってくれてるんじゃない？」

花梨は「うん……」と歯切れの悪い返事でうなだれた。

「……でも親戚のひとがいってたんだけど、花梨とママが家にいるから、お兄ちゃんは一人息子なのに肩身が狭くて家を出てるんだって。ほんとなのかなあ。花梨とママはパパをたぶらかしてる性悪なんですって」

ずいぶんと年の離れた再婚で、息子の羽瀬のほうが年齢が近いくらいの若い義母のはずだった。世間的にはそういう噂がたつのも無理はないのだろう。

「聞いたことないけど。羽瀬さんが家を出てるのは、そんなのが理由じゃないだろ。もう大人なんだから」

「わかってるけど。でもママのことをよく思ってない親戚のひとがよく家にやってきて、パパにあれこれいってるの。パパがいないときは、ママに『財産目当てだろ』ってひどい言葉をぶつけてる。ママとふたりきりのときは怖い」

「そうなんだ……」

いきなり込み入った話を打ち明けられて、一哉は狼狽《ろうばい》した。自分でさえこうなのだから、そんな大人の事情が耳に入る環境にいるのは、花梨にとって苦痛だろう。小学生の女の子を怖がらせるなんて、その親戚ももう少し子どもの前だということを意識すればいいのに。

家のことを話すときの花梨はいつになく沈み込んだ様子で、いままでわがままで変わっている女の子だと思っていたけれども、複雑な家庭環境を知ってしまうといじらしく見えてくる。

一哉が思わずよしよしと頭をなでてやると、花梨はうろたえたように見上げてきた。「子ども扱いはよして」とでもいわれそうだったが、妙にもじもじした様子で目をそらしてしまう。やはり意外にはにかみ屋さんなのだ。

「あれ――」

一哉から顔をそらしていた花梨が、ふいに「あの車……」と足を止めた。どうやら反対方向へと走り去っていった車を知っているらしい。

花梨はその車を見るなり、固まってしまったように動かなくなった。そして、次の瞬間、いきなり来た道を戻るように駆けだした。

「花梨ちゃん？」

一哉はいったいなにが起こったのかわからなかった。とりあえず花梨のあとを追う。「ママが……」と花梨の呟く声が聞こえてきた。ひょっとしたら、先ほどの車は母親が運転していたのか。

しばらくすると件《くだん》の車がなぜかUターンして戻ってきて、花梨のそばで止まった。ドアが開いて、運転席から男が出てくる。母親ではなかった。白髪混じりの中年の男性だ。

男は出てくるなり、いきなり花梨の腕をつかみ、車のなかに引きずり込もうとした。「いや！」と花梨が悲鳴を上げるのに仰天して、一哉はあわててそばに駆けつける。

男はスーツ姿で身なりのよい紳士に見えたが、花梨になにやら大声で怒鳴りたてていた。花梨は「いやだ、離してっ」と男の手を振り払おうと必死になっている。

「花梨ちゃん？」

「——一哉くんっ」

一哉の姿を見ると、花梨は泣きそうな顔で救いを求めて手を伸ばしてくる。その手をとろうとすると、男が目の前に立ちはだかった。

「なんだ、おまえは」

一哉に向かってきた男は、一哉よりも身長が高く、太ってはいないが、がっちりとした体格だった。

とっさに一哉は男の腕をつかみかえした。相手が襲いかかってこようとした勢いを借りて、そのまま歩道に投げる。ほとんど反射的な反応だった。道場には中学以来通ってなかったので、よくからだが動いたものだと自分で驚く。

路面に尻餅をついた男も、なにが起こったのかわからない様子であたりを見回した。自分よりも細身の一哉に投げ飛ばされたとは信じられないのだろう。男は腹立たしげに立ち上がると、再びこちらに突き進んでくる。

一哉は男の手をとらえると、今度は後ろにひねった。相手が「うわっ」と悲鳴をあげているあいだにもう片方の腕も拘束し、後ろにひとつにまとめあげる。

花梨は最初あっけにとられたように見ていたが、やがて頬を紅潮させ、潤んだ瞳を一哉に向けてきた。

「一哉くん、かっこいい……武道でもやってるの?」

場違いに呑気《のんき》な声に脱力しそうになりながら、一哉は必死に車の車体に男のからだを押しつけた。

「悪いけど、花梨ちゃん、警察に連絡して。俺は手を離せないから」

「ううん。警察沙汰《ざた》にはしなくていいの。花梨には意地悪で大嫌いだけど、一応おじさまだから」

信じられない言葉に、一哉は「え?」と耳を疑いながら花梨を振り返る。

「そのひと、おじさまなの。パパの弟」

きっぱりと断言されて、一哉は生まれて初めて肝を冷やすという経験をした。

車体に押さえつけている男が「離せ」とうめき、「警察呼べ、俺がおまえを訴える」と低く怒鳴った。

「災難だったね」

ぐったりとなって家に帰り着くと、すでに羽瀬から連絡を受けて事情を知っているらしい陽人が出迎えた。

花梨を車に連れ込もうとしていた男は、ほんとうに花梨の叔父だった。歩いている姪《めい》を見つけて、「なにしてるんだ」と家に連れて行くつもりだったらしい。花梨がいきなり叔父の車を見て走りだしたのは、いつもひどいことをいう親戚だったので「ママをいじめにきた、家に戻らなきゃ」と思ったからだという。

一哉に投げ飛ばされた叔父は「傷害罪で訴えてやる」と息巻いていたが、その日は花梨の父親が家にいたために、ほどなく現場に駆けつけてくれて、警察沙汰にされるのは免れた。

花梨からのSOSを受けた羽瀬も会社から抜けだしてきてくれて、「すいません」と平謝りする一哉を一緒になって庇《かば》ってくれた。父親と羽瀬には弱いらしく、叔父は「貴臣《たかおみ》くんの友人だっていうなら、わたしも訴えるなんてしないよ」と態度を軟化させた。

一時はどうなることかと思ったが、無事に無罪放免となって解放され、一哉は羽瀬の運転する車で家に戻ってきたのだった。「一哉くんが心配だから」と花梨も一緒についてきた。

居間のソファに座り込む一哉の腕に、花梨は「ごめんねごめんね」としがみつく。

「花梨のせいで、一哉くんを前科者にするところだったわ」

叔父の気分次第ではほんとうに警察に突きだされていたかもしれないので、ぞっとしない話だった。

羽瀬からあらためて詳しい経緯を聞いた陽人は、「へえ」と感心した声をあげる。

「花梨のおじさんて、結構体格いいよね。自分よりも大きくても、投げられるんだ。一哉くんて、昔、合気道やってたってのは聞いたけど、弟のつきあいだっていってたのに。謙遜《けんそん》？」

「いや……ほんとに強くないですよ。力任せにやみくもにこられたら、その力の方向を変えてやればいいだけだから。花梨ちゃんのおじさん、怒ってて、周りが見えてなかったし」

「そういうもんなんだ。でも凄《すご》いよね」

花梨が再び目を輝かせて、興奮冷めやらぬ様子で周囲を見やる。

「一哉くん、すごくカッコよかったのよ。花梨を悪いおじさまから救ってくれたの」

「あー、そうだろうねえ。花梨、顔が輝いてるもんな。よかったねえ」

にやにや笑う陽人の隣で、羽瀬は頭が痛いというようにこめかみに手をあてている。

「一哉」

花梨がメールで知らせたらしく、真帆と清香があわただしく居間に飛び込んできた。

真帆は息をきらして「怪我は？」と真剣な表情で聞いてくる。ひどく思いつめたように顔色が悪いので、こちらが反対に「大丈夫か」と聞きたいくらいだった。

「大丈夫だよ。俺はどこも」

「乱闘になったって聞いた」

いったいどういう情報を発信してるんだ、花梨ちゃん――と思いながら、一哉は隣の花梨を見やる。花梨は「一哉くんは花梨を救ってくれたのよ」と陽人にしたのと同じ話をくりかえす。

花梨の話を聞いているのかいないのか、真帆はひたすら心配そうに一哉の顔を見つめているだけだった。

「――花梨、そろそろ帰ろう」

羽瀬にあきれたように声をかけられて、花梨は「いやっ」と声を荒らげる。

「今日は一哉くんを送り届けたら、すぐに帰るって約束だっただろ？　わがままいうな。父さんだって心配してるんだから」

「一哉くんが落ち着くまでそばにいてあげるのが、花梨のつとめだもん」

「なにいってるんだ。おまえがそばにいたら、一哉くんが休めないだろ」

花梨はなおも「いや」とくりかえしたが、羽瀬は強引にソファに座っている小さなからだをひょいとかつぎあげてしまった。妹に甘い羽瀬にしては珍しい光景だったが、さすがに厳しい態度にでるときには容赦ないらしい。「いやああっ」と花梨は暴れたものの、兄の肩に乗せられて、すぐにおとなしくなった。

「一哉くん、花梨、今日のこと一生忘れないから」

花梨は羽瀬にかつがれたまま、一哉に向かって必死に手を振ってくる。なにも永遠の別れでもないだろうに。すがりつかんばかりの眼差しにたじろぎながら、一哉は「気をつけて」と手を振り返した。

羽瀬と花梨が居間から出ていったあと、「お兄ちゃんの馬鹿っ」とすすり泣くような声が廊下に響く。

残された陽人と清香が、ふたりの消えた戸口を見やってからなにかいいたげに顔を見合わせた。奇妙な沈黙のあと、したり顔で囁きあう。

「……あれは惚《ほ》れたな」

「だね。花梨、惚れっぽいから」

うんうん、と頷きあったあと、ふたりはそろっておかしそうに噴きだした。この場に花梨がいたら、きっと馬鹿にされたと憤慨したに違いない。

笑いすぎて涙でもでてきたかのように目じりをぬぐいながら、陽人が「お疲れ」と真帆の肩を叩《たた》いた。

「喜べ、真帆。花梨の一番のお気に入りは、一哉くんにうつったぞ。しばらくは一哉くんをターゲットにするから、よかったな。ま、おまえのこともしばらくは引きずるだろうけど」

え？　俺？　とびっくりする一哉をよそに、声をかけられた真帆はなんの反応も示さなかった。陽人の声が耳に入っていないようだ。無視しているというより、先ほどから彫像のように固まったまま動かない。

「真帆？」

一哉が声をかけても返事もしない。本気で心配になって「どうした」と腕を伸ばしかけた途端、突然その場に膝をつく。「え」と思った次の瞬間、真帆の腕にさらわれるように抱きしめられていた。

なにが起こったのか。ぽかんとして、頭のなかが真っ白になりながら、一哉は息を呑む。

「え……？　真帆？　どうしたんだよ」

いくら抱擁されることに慣れていても、このタイミングではありえなかった。真帆の肩越しに、陽人と清香が目を丸くしているのが見える。

ふたりの目もあるので、一哉は真帆の背中をとんとんと叩いて、なんとか引き剝《は》がそうとしたが、さらに抱きしめる腕に力を込めるばかりで離れようとしない。

真帆は暴力的なことには免疫がない。子どもの頃も、一哉が道場に通っていたときは危なくないのかと実は心配していたことを思い出した。

ひょっとして、真帆のなかでは先ほどの花梨の騒ぎすら耳に入らずに、部屋に入ったときと同じく一哉の身を案じたままなのか。

なんだって真帆はこう自分のことばかりに極端な反応を示すのか。

みんなの前で恥ずかしいとかいうよりも、抱きしめられたことにほっとして全身の力が抜けていく。ほかのひとにいくら「大丈夫?」と声をかけられても、一哉が「大丈夫」と心から安《あん》堵《ど》して答えられるのは真帆だけなのだ。

なつかしい匂いと体温。顔を見ると、無条件で心が安らぐ。子どもの頃からいつもそうだ。話で盛り上がることがなくても、そばにいると居心地がいいのは、こんなふうに真帆が人目もはばからず一哉を好きでいてくれるからだ。

「真帆? 俺、大丈夫だよ。ほら、なんも怪我とかしてないし」

「――」

「なあ……大丈夫だってば」

「――」

「真帆……痛いってば。そんなにきつくされたら」

いままで動かなかったのに、一哉の「痛い」の一言で、真帆はぱっと腕を放して身を引いた。

抱きしめられたのにも驚いたのだが、離れるときの反応の良さにも唖《あ》然《ぜん》とした。

「……大丈夫なら、よかった」

ぼそぼそっと低い声でいうと、真帆は前髪をかきあげて、ゆらりと立ち上がる。しばらく一哉を無表情のまま見つめていたが、それ以上は言葉がでてこないようで、すぐに顔をそむけて

踵《きびす》を返す。陽人と清香が興味深げな視線を向けていたが、そちらは一瞥《いちべつ》もせずに居間を出ていってしまった。「おい、ちょっと」と呼び止めるひますらない。

一哉も一緒にこの場から立ち去りたかったが、残った二人になにをいわれるかわからないので思いとどまった。

真帆が去ったあと、清香がいつになく低い声で呟く。

「——驚いた。真帆って、やっぱり一哉くんのことをそういう意味で好きなの？　あんなに大胆な行動とるとは意外だわ」

「だから、初恋の幼馴染みだっていっただろ。清香がいくら頑張っても、真帆と一哉くんのあいだに割り込むのは不可能だからね」

「誰が割り込むのよ。恋愛してくれて、おおいに結構。作品にも色気がでるだろうから。女の子にいいよられてもまったく受けつけないみたいだし、淡泊そうに見えるから、男としての機能は大丈夫なのかと心配してたけど」

陽人と清香のふたりは例によって好き勝手なことをいいあっている。満足そうに「よかった」と頷く清香の姿から、彼が見ているのはあくまで真帆の才能のみなのだとはっきりわかった。本気で真帆を男として好きだといわれても面白くないのに、商品扱いの口調とデリカシーのなさにカチンとくる。

「……清香さん、そんないいかたすることないじゃないですか」

一哉が低い声で凄むと、清香はきょとんとした顔で瞬きをくりかえす。

「え？　一哉くん、なんで怒るの？」

「なんでって――男として大丈夫なのかって無神経で勝手なことといって。清香さんは、真帆を狙ってるんでしょう？　留学についていく気のくせに」

「留学って……ついていくっていっても旅行のついでよ？」

「そんなふうに中途半端に真帆に関わるのやめてくれませんか。いくら真帆の才能を認めてるからって、好きでもないのに自分のものにしようとするなんて。真帆を狙って自分の思うとおりにしようとしてるんでしょ？」

かなり頭に血がのぼっていた。真帆が留学してしまうのは仕方ないかもしれない。清香がすすめなくても、いつかはそうなるのだろう。八つ当たりとしかいいようのない感情だが、真帆を連れていかれてしまう不満が爆発した。

一哉のいつにない剣幕に驚いたのか、清香はあわてたように男言葉に戻る。

「狙う？　そりゃ、画廊の人間として真帆をかってるけど。きみにもそう説明しただろ？　真帆は才能あるって。僕はプロデュースしたいと思ってる」

「男としても好みだからって聞きましたよ。公私ともにパートナーになりたいって。真帆の才能を搾取《さくしゅ》する気なんでしょ？」

「は？　男として、僕が真帆を？　才能を搾取？」

清香は困惑したように「誰がそんなこといって……」といいかけてから、すぐに思い当たったのか、隣の陽人を不穏な様子で睨みつけた。陽人は「なに？」と笑いながら顔をそむける。

「陽人くん？　もしかしなくても、一哉くんに品のないことを吹き込んだのはあなたかしら？」

「いや、清香は真帆のこと、以前『かわいいね』っていってただろ？　だから、ひょっとして好きなのかなと思って」

「僕が真帆を？　へえ……」

清香は微笑みつつもどこか物騒な気配を漂わせて陽人をねめつける。はりつめたものが一気にプチンと切れたように形相が一変し、般若《はんにゃ》のように険しい表情になった。

「そりゃかわいいさ。才能ある後輩だし、不思議ちゃんだし、一緒に暮らしてたら、『かわいい』ぐらいはいうだろうよ。いつのまに俺が野心満々で真帆を狙ってるみたいな設定になってるんだよ。ふざけんなよ！」

大声で怒鳴る清香を見て、一哉は「え」と硬直する。見慣れているのか、陽人は驚いたふうもなく肩をすくめてみせた。

「半分くらいはあたってるだろ？　清香は仕事熱心だから」

「いくら熱心だからって、仕事相手にそんな感情は含むか、馬鹿。真帆が欲しいってのは、あくまで画家としての将来性に期待してるからだろ。知ってるくせに、いつも『ストーカー』だのなんだのつまらねえことといってるなと思ったら……。どうするんだよ。真帆に『男として狙ってる』なんて誤解を与えたら、あいつは警戒して俺と口をきかなくなるだろうが。デリケートな生き物なんだからよ」

「あ。それは大丈夫。一哉くんにしかいってないよ。年上の女装美人の誘惑に真帆がさらされてるって思ったら、一哉くんも少しは刺激されて、真帆のほうに傾いてくれるんじゃないかなって。真帆の初恋を叶えてあげようっていう親心ですよ」

「なにが親心だ。普段、真帆をいじめぬいてるくせに。どうせ面白がってるだけだろ。なんでよりにもよって、俺が真帆を誘惑しなきゃならないんだよ。……ったく」

清香はひどく不愉快そうに舌打ちした。陽人は悪びれた様子もなく、「ごめんな」とあくまで軽い口調で謝罪する。

話の全体像が見えてきて、一哉はおずおずと清香に確認した。

「え、と——じゃあ、清香さんは仕事のために、真帆を誘惑して、その人生をもコントロールしようとしてるっていうのは、陽人さんの作り話？」

じろりと睨まれて、一哉は先ほどの勢いで怒鳴りつけられるのを覚悟した。だが、清香は気を鎮めるように「ふーっ」と息を吐いた。

「あのね、一哉くん……僕は真帆に苦手なタイプだって思われてるの知ってるし、陽人が以前、『真帆のストーカーだ』っていったのは、あくまで『描いてればそれで満足だ』っていう真帆に、それを将来仕事として食べていけるようにしましょうってしつこくハッパをかけてるって意味なんだよ。たしかに画家としては、プロデュースさせてもらおうと狙ってるけど、人生をコントロールって……どんな策士なんだ。だいたい本気で真帆が好みだったら、一緒に住んでるうちにとっくに襲ってるよ。それに、真帆との仲を疑うなら、そこにいるイジメっ子のほうが怪しいだろうに。まったく素直じゃないんだから。好きな子をいじめるしかできないって、小学生かよっていいたくなるよね」

「はあ……」

同意していいものかわからなくて陽人を見ると、たいしてこたえたふうもなく笑っていた。

清香はそんな陽人を憎々しげに睨んでもう一度嘆息すると、声を低くする。

「それに、こんな格好してるけど、女装はあくまで趣味で、僕はどちらかというと女性のほうが好きです。まあ、まったく経験ないとはいわないけど。少なくとも羽瀬や陽人の彼女か彼氏かって思われるのは苦痛以外の何物でもない。以上、わかった?」

そこまではっきりといわれてしまっては、一哉は素直に「はい、すいません」と謝るしかなかった。そうか、趣味は一応ノーマルなのか……。

清香は真帆を男として見ているといわれたことがよほどショックらしい。再度大きなためいきをついて、芝居がかったしぐさでよろけてみせる。

「きついわ……真帆となんて。いくらなんでも、年下の子を野心まんまんで狙ってたなんて思われるなんて……わたし、久々に傷ついたわよ。陽人くん、十分にお詫《わ》びはしてもらいますからね」

清香に恨みがましい顔を向けられて、陽人は苦笑しながら肩をすくめた。

「事務所でちょうど内装頼まれてるところあるんだ。清香のところから絵を仕入れるようにするよ。何点か飾る絵が欲しいって依頼されてるから」

「ほんとに？　五点くらい買ってくれる？」

「せいぜい三点かなあ。予算に限りがあるから」

「まあ、三点でもいいわ」

一哉を無視して、すっかり商売人の顔になり、ビジネスのやりとりでカタをつけようとするふたりに、「ちょっと待ってください」と一哉はストップをかける。

「まだ話は終わってないんですけど……じゃあ、留学の話はどうなんですか？」

「留学？　たしかに休暇とって行こうとは思ってるけど、真帆のところに寄るのはせいぜい一日か、二日よ。真帆はわたしが長くそばにいるの、いやがるだろうし」

あっさりといいきる清香に、陽人が補足説明をする。

「まあ、留学っていっても、今回は夏休みのあいだだけだしね」

「え……夏休みだけなんですか？」

「そ。もっと長期間だと思った？　とりあえず様子見だよ。夏休みだけのアートスクールへの体験留学みたいな感じ? 真帆にとってはそれでもすごい進歩だけど」

からかうように笑う陽人を前にして、一哉はもはやなにもいうつもりになれなかった。先日から事情がわかっていたくせに、わざと一哉には伝えなかったのだ。

もしかしたら短期間で、せいぜい半年ぐらいかもしれないとは思っていたが、まさか夏休みのあいだだけとは。

それにしても疑問は残る。陽人がだまっていたのは、一哉の反応を見て楽しむためだろう。でも真帆はなぜ、そのことをいわないのか。

陽人が一哉の疑問を見透かしたように言葉を添えた。

「だけど、将来的にはどうなるかわからないよ。機会があったら——ほんとに画家として食っていくつもりだったら、真帆はいやでも海外で二、三年揉《も》まれてきたほうがいいと思うからね。大学卒業したあとになるだろうから、いつになるかわからないけど。いつまでもここで暮らしてるわけにはいかないかもしれないよ」

それは「留学」という言葉を聞いたときから、心のどこかで予期していたことだった。だから、自分から詳しくたずねられなかったのだ。

今回は違うかもしれない。でも、いずれは真帆には長く海外に行くときが訪れるのかもしれない。

予想はついていても、はっきりとたしかめるのがいやだった。だってせっかく再会できたのに。

ようやく一緒に暮らしているのに――たとえ卒業後だとしても、いまから終わりが見えてしまうのは切ないから。

花梨を送っていった羽瀬からは、「今夜は実家に泊まる」という連絡があった。おそらく花梨に駄々をこねられたのだろう。

陽人と絵の売買の約束をきっちりとりつけると、清香は早々に「じゃあ、帰るわ」と腰を上げた。よほど真帆との仲を誤解されたのが不満だったらしく、最後にしっかりと一哉に釘を刺して。

「そうだ、一哉くん、僕は仕事で真帆と話したり、一緒に出かけたりすることもあるけど、下心はまったくないから、ヤキモチ妬かないようにね。そこにいる従兄弟のお兄さんのほうがよっぽど真帆を溺愛《できあい》してるんだから」

もはやひたすら「はい……」と恐縮するしかない。清香は純粋に真帆の才能を買っているだけで、とんだ赤っ恥だった。

じゃあね、と颯爽《さっそう》と帰っていく清香の背中を見送ったあと、一哉は気が抜けてソファに座り込む。

「清香さんて、ああいうひとだったんですか。女装は格好だけ？」

「そう。見てくれに反して普通に男だし、凶暴だろ。だから、『お姉さんバージョンで対応してください』っていっておいたほうがいいよ。あいつ、学生の頃に女装のまま演劇やってたから、女形としての動きは完璧なんだよね。怒鳴るときは、鍛えた腹から声だしてるから声が張る張る。いい迷惑」

「ああ、だから……」

なるほど、それで女性を演じることには慣れているわけだ。しかし女装はともかくどうしてあそこまで日常生活で女言葉やしぐさを完璧にする必要があるのか。理解に苦しむ。

陽人が「さて、と」と逃げるように立ち去ろうとするので、一哉は「ちょっと待ってください」と呼び止めた。

「聞きたいことがあるんですけど」

いつもなら陽人からあれこれ質問されることが多いので、今日は立場が反対だった。一哉が珍しく怒った顔をしているからか、陽人は困った様子でソファに座り直した。

「なに？　清香のことなら、謝るよ。ちょっと脚色したけど、きみがもし真帆を受け入れないなら、誰が将来真帆のそばにいるんだろうって考えたときに、単純に清香の顔が浮かんだからさ。恋愛って意味じゃないかもしれないけど」

「それはいいんです。謝るなら、清香さんに謝ってくださいよ。聞きたいのはべつのことです」

「なんのこと?」

だまされた恨みもあって、陽人に少しでも反撃してやりたい気持ちが募っていた。だいたい陽人はいつもひとをからかいすぎなのだ。真帆に関していえば、陽人が清香について思わせぶりなことをいわなければ、一哉がやきもきする必要はまったくなかった。清香の態度だけを見れば、真帆に対して恋愛感情などもっていないことは明らかだったのだから。

「陽人さんて、俺と真帆のことをよく知ってますよね。ちょっと立ち入りすぎじゃないのってくらいに。だから、俺も知りたいんですけど、陽人さんと清香さんと羽瀬さんてどういう関係なんですか? 今回のことだって、俺はみんながどんな思惑をもってるのかよくわからないから、ひとりで勘違いしたりしたわけだし」

「思惑ってべつに……まあ、俺たちは学生の頃からの友達ってだけだけど。ほかに一緒に住んでるやつがいたこともあったけど、とりあえず三人で一緒に暮らしてきて——で、去年真帆が大学に入学して、うちにきただろ? 違いはあるけど、みんなそれなりに真帆のことはかわいがってるんだよね。羽瀬はクールだけど、真帆のことは結構からかうだろ? 希少動物を愛でるみたいな感じではあるけど。清香は清香で、一緒に暮らしてる頃から真帆の才能に注目してて、まったく世渡り上手じゃない性格を心配してるしね」

「じゃあ清香さんはなんで出ていったんですか? いまもすごく陽人さんと羽瀬さんと仲良さ

そうだし、真帆のことも才能を認めてるなら、一緒に暮らしてたほうがいいのに」

「単純に、ひとりで暮らしたくなったんじゃない？　学生のときからだからね、違う顔も見たくなるだろうし、もっと実りのある人間関係が欲しくなったんだろ。清香は学生の頃とまったく変わらない俺と羽瀬を見てるとイラつくっていってるんだよね。いくら仲良くたって、いろんなものがどんどん変化していく時期だから」

では、やはり普通に仲のいい三人組というだけなのか。清香との会話を盗み聞きしたときには、ひょっとして泥沼の男同士の三角関係ではないかと思ったのに、清香があんな調子ではまったく可能性はなさそうだった。

それにしても一番謎なのは……。

「陽人さんはいったい誰を好きなんですか？　まさか真帆とか？　溺愛してるって——清香さんがいってたこと、当たってるんですか」

真帆の名前をだした途端、陽人は思いきりしかめっ面になった。

「うわあ……やめてくれよ。そういう気持ち悪いことというの。だって、あいつと俺、なんだかんだいって、顔は似てるでしょ。俺はナルシストじゃありません」

「じゃあ羽瀬さん？」

「あれは友人。清香みたいなことといわないように。学生時代に、羽瀬があいつを女性と勘違いして誘ったことをからかうと、必ず決まり文句で『陽人は羽瀬が好きだから妬いてるんだろ』

って俺にいいかえしてくるんだよね。……ったく」

陽人は真帆のときよりももっといやそうにためいきをつく。羽瀬と清香の学生時代の話をいつまでもネタにしているくせに、自分がその類《たぐい》のことでからかわれるのはいやらしい。攻撃するのは得意でも、攻撃されるのは慣れていないのか。

「一哉くんて天然なんだか無神経なんだか、時々、いやなことをいうよね。それとも、ひょっとして、一哉くんは俺に個人的な興味でもあるの？」

「いえ。とくには」

陽人の目がキラリといやな光を浮かべたので、一哉は即座にかぶりを振った。陽人は「あ、そう」と残念そうに呟いたものの、少し溜飲を下げたらしく口許をゆるめた。

「俺のことなんかより、きみと真帆はどうなの？　さっきの様子だと、俺の話を真に受けて、清香にやきもちやいてたみたいだけど。ようやく覚悟決まった？」

「覚悟って、俺と真帆はべつに……」

いきなり自分たちの問題に話を切り替えられると焦る。たしかに清香にやきもちをやいていたのかもしれない。先ほど陽人たちの前で真帆に抱きしめられたとき、驚きながらも心の底から湧きあがってきた安堵感。だけど、それをどういう言葉にして口にだしていいのかわからなかった。

「往生際悪いなあ。まだ迷ってるの？　俺、きみたちの抱擁シーン、何度も目撃させられてるんだけど」

即答できずにいると、陽人が業を煮やしたように、いきなり一哉の肩をつかんでソファに押しつけてきた。

「へ?」

陽人の顔が一気に間近に迫ってくる。真帆に顔立ちはよく似ているのに、まったく正反対の個性。陽人特有の、どこかつかみきれないような、笑っているようで笑っていないような眼差し。

いくら真帆が「陽人に襲われるかもしれない」と心配しようとも、陽人が一哉をからかっているだけで、まったく恋愛の対象として興味がないのはわかる。なのに、こうしてからだを押さえつけられてしまうと、普段とは違う張りつめた空気にうろたえてしまう。

「な、なにするんですか」

「俺が誰を好きかって聞いただろ? 俺はみんな好きなんだよ。欲張りだから。当然、一哉くんみたいなのもタイプなんだよね。真帆の好きな子だから遠慮してたんだけど、きみが真帆とはなんでもないっていうなら……」

「ちょ……」

陽人が一哉の頬に手をかけてきた。顔をさらに寄せられた瞬間、反射的にからだが反応した。一哉は腕を伸ばして、力任せに陽人の胸を突き飛ばす。

拒絶されても、陽人は怒った様子はなかった。むしろあっさりとからだを引いて、「ほら、みろ」と揶揄《やゆ》するような笑顔で顎《あご》をあげてみせる。

「普通は男に迫られたら、そういう反応だよね。でも、一哉くんは真帆に抱きしめられたって、全然いやがってないでしょ。いまみたいに突き飛ばそうと思えば、きみは自分よりもデカイ男だろうと、いくらでも抵抗できるのに。それってどういうことだか、ちゃんと考えてる？」

「…………」

真帆に抱きしめられても、いまみたいに本気で突き飛ばしたことはない。なぜなら、真帆が一哉のほんとにいやがることをするわけがないから。酔って手をだしてきたときも、「いやがってないだろ」と真帆はいっていた。もし本気で一哉がいやがったら、酔っていたとはいえ、あんな行為には及ばなかっただろう。

その後、平気な顔で「充電」として抱きしめてきたのも、一哉がいやがっていないのを察していたから。言葉でＯＫといわないだけで、もうとっくに体温では真帆を受け入れていることを知っていたのかもしれない。

「……俺は……真帆ならいいけど、ほかは無理だから……」

「――だろうね」

陽人に笑いながら指で額を弾かれて、一哉は「いた」と顔をしかめる。

「正直になったほうが勝ちだよ。花梨を見なよ。好きになったら、すぐに好きって、あの子は態度にだすだろ。心変わりするのも平気。素直で、嘘がつけなくて、なんのしがらみもなくて、子どもだから。きみは真帆と再会してまだ日が浅いし、いまが一番いい機会なんじゃない？　長くずるずると友達感覚でいると、恥ずかしくてなにもできなくなるよ。……ってことで」

陽人はソファから立ち上がると、「うーん」と伸びをしてみせる。

「俺は久しぶりに羽瀬の実家に遊びにいってこようかな。移り気な花梨をからかってこよう。今夜は俺、羽瀬んちに泊まってくるから、一哉くんも頑張って」

「――え？」

あっけにとられる一哉に、陽人は「バイバイ」と手を振って居間を出ていく。呆然《ぼうぜん》とソファに座ったままでいると、しばらくして身支度を整えたらしく、陽人が玄関を出ていく音がした。

……ほんとに出かけてしまった？

ひとり残された一哉は頭を抱え込まずにはいられなかった。頑張って――って、いったいなにを頑張ればいいのか。

陽人が出て行ってしまってからしばらく悩んだものの、とりあえず真帆の部屋のドアをノックした。

答える声はない。心配になって、「真帆、開けるぞ」といってドアを開けて中に入ってから、一哉は一気に脱力した。

返事がないのも当然で、真帆はベッドの上で寝息をたてて眠っていた。一哉がそばに近づいても起きる気配がない。

この場面で寝てるってどういうことだと文句をいいたかったが、気持ちよさそうに寝ている顔を見ているうちに、毒づく気持ちも萎《な》えてしまった。

昨夜は画廊のオープニングパーティーとやらに行ってきて帰りが遅かったし、疲れているのだろう。一哉の無事の姿を見て、緊張の糸がぷつんと切れたのかもしれない。

起こすのも悪い気がしたが、そのまま部屋を出ていく気もしなくて、一哉は真帆の寝ているベッドの端に腰かけた。そうっと音をたてないように。

しばらくすると、真帆が「ん……」と寝返りを打ちながら瞼《まぶた》をこすった。

「ごめん。起こした？」

「――いいけど。なに？」

真帆は不機嫌そうにゆっくりと起き上がった。放っておいたら、目を閉じてまた眠ってしまいそうだ。

マイペースなのはもう慣れたが、さっき陽人と清香の前で一哉を抱きしめておきながら、部屋に戻ってきて眠っているとは……時々、真帆が本気でわからない。

「『なに？』じゃないだろ。清香さんたちの前で抱きしめておいて」

「ああ」

「ああ——ってそれだけ？」

「べつに隠すことでもないし。どうせあいつらは、俺が一哉を好きなのは知ってるんだろうし」

真帆にとっては、知られたら困るという感覚はまったくないらしい。こういう場面でうろたえないのは、ある意味頼もしくはある。一哉を好き——と臆面もなくいいきってしまえるところも。

真帆は嘘をつけない。いつも正直すぎる。なのに、どうして……。

一哉は首をかしげるようにしながら、うつむきがちの真帆の顔を下から覗き込んだ。顔を近づけられたせいか、真帆は眠気が一気に吹っ飛んだように瞬きをくりかえす。

「なに」

一見怒ってるとしか思えない低い声。でもわずかに目許が赤い。

「……真帆、どうして留学のこと、俺にいわなかったんだ？　夏休みに行くんだろ」

「——」

真帆は返答に困ったように目をそらした。少しの沈黙のあと、決まり悪そうに声を押しだす。

「まだはっきりしてなかったから」

この件も真帆にとってはさほど意味がないのかと思ったが、目をそらすところを見ると違うようだ。なにかを隠している気がする。

「それだけ？　夏休みだけとはいえ、教えてくれてもよさそうなのに」

「あまりその話はしたくない。いまは――すぐにいなくなるわけじゃないし」

だって、夏休みはもうすぐだろう？

矛盾のある発言と含みのある口調から、真帆にとっては今回は短期だけれども、近い将来に長く海外に行くこともすでに想定しているのだと察せられた。だから、話したくなかったのか。

話せば、先のことも考えなければいけなくなるから？

「話してくれればいいのに。俺だけが真帆のことをよく知らないみたいで、ちょっと複雑だった」

「悪い」

「いいけど……今度からはちゃんと話してほしい。俺は真帆のこと知りたい」

「――」

真帆が意外そうに目を見開くのを見て、さすがにその反応はないだろうと抗議したくなる。

たとえ告白の返事をしていなくても、それ以前に一哉にとって真帆は大事な幼馴染みなのだから、知りたいのは当然だ。

「なんで驚いたような顔するんだよ。だいたい真帆は俺にしゃべらなすぎだよ。この前、俺に回したよ?」

『振り回さないでくれ』っていったけど、俺のほうがいいたい台詞だよ。俺がいつ、真帆を振り

「……振り回してるだろ」

真帆が反論してきたので、一哉はむっと唇を尖《とが》らせる。

「いつ?　どこで?」

「いつも。——俺はわけがわからない。抱きしめてもいやがらないくせに、告白の返事はしてくれない」

一哉はなるほどと唸《うな》る。返事は「いつまでも待つ」といいながら、真帆も気にしていたらしい。告白したのだから当然だった。おそらく一哉のことを考えて、返事を急かさなかっただけなのだろう。まったくもう真帆ときたら……。

あきれてしまうのにうれしいような、自分のこの気持ちをどう伝えたらいいのか。迷っているうちに、一哉はふと真帆の不機嫌そうにうつむいている横顔に視線を吸い寄せられる。

やっぱり目許は睫毛が長くて、子どもの頃の姿を彷彿《ほうふつ》とさせる。もう少女みたいには見えないけど、それでも……。

真帆は大事な幼馴染みで——そして、昔は一哉にとって理想の女の子で、要するに初恋だった。

再会してかつての美少女の面影が消えてしまっても、想い出までもが消えるわけではない。

性格は相変わらず難しいし、ときどき面倒くさいし、一緒にいてむかつくこともあるけど、結局は男でも女でも容姿が変わってしまっても、真帆を嫌いになるはずもない。

好きか嫌いかと問われたら、答えは決まっている。子どもの頃、真帆に最初に告白されたときと同じように。

「返事もなにも——俺は真帆が好きだよ」

いったん口にだしてしまったら、喉につかえていたものがとれたような、すーっと楽な気持ちになった。

「…………」

真帆は驚いたように視線をあげたものの、固まった表情でしばらく動かなかった。

一哉も同じようにフリーズした状態で、ふたりでまるで先に動いたほうが負けというゲームでもしているみたいにじっとしたまま見つめあう。

真帆はいずれ画家で食べることを目指して海外に本格的に留学してしまうかもしれないし、一哉も大学を卒業して社会人になれば考えも変わってくるかもしれない。いまは初恋の子と再会して、ひとつ屋根の下に暮らすことになって、互いに舞い上がってしまっているだけかもしれない。

それでも——いまはとにかく好きとしかいえない。抱きしめられて心地よくて、面倒くさいことをいわれても許すしかなくて、無理な要求をされてもなんとかしてやろうと思える相手を好きじゃなかったら、なんなんだ？

「好き」のほかにどういう感情をもっているのかと説明するほうが難しい。

普通は男に抱きしめられたら、陽人のいうとおり「なにするんだよ」と押しのける。だけど、真帆にそうしないのは……。

睨めっこの末にしばらくしてから、一哉はごくんと喉を鳴らして、はあっと息を吐く。

「……そうだよ。好きだよ。でなきゃ、充電なんてふざけたことといって、抱きしめてくる馬鹿を許すわけないだろ。ほかにも酔ったときに恥ずかしいことされたし。真帆以外の男にあんなことされたら、俺は再起不能だよ。好きだけど……俺にも覚悟を決める時間が必要だったから。その……」

照れくさくて、なかなか言葉がでてこない。真帆は喜んでくれるかと思いきや、なぜか複雑そうに表情を曇らせた。

「それ、ほんとに告白の返事なのか？　幼馴染みとして好きとかじゃなくて？　あとでやっぱり抱きしめるのはいいけど、それ以上は駄目だとかいうんじゃないのか」

いつものことだが、真帆は表情を動かさないまま淡々とたずねてくるので、よけいにきつく責められているように感じる。

いったん性的にふれておいて、その後なにもしない――という状況は、「待つから」といっても真帆にとってはかなりの苦行だったらしい。加えて、すぐにうれしそうな顔をしないのは、返事を焦らしすぎたせいで疑心暗鬼になっているのか。

ごめん――と深く頭をさげる。

「そんなことといわないよ。もう真帆の好きにしていいから。いいよ……俺はなんだって。こうなれば、上でも下でもなんでも――真帆以外の男にこないだみたいなことされるのはいやだけど、真帆だったらいやじゃない。それだけは自分でもはっきりとわかったから。俺も男らしく覚悟を決め――わっ」

一哉がすべてをいいおえるまえに、真帆がものすごい勢いでぎゅううっと抱きしめてきたので、あやうくベッドに倒れそうになった。

お約束とはいえ、こんな場面で飛びかかってこられると、返事を誤ったかと早くも後悔する。

「ま、真帆……ちょ、ちょっとまだ俺、話し終わってないんだけど」

「――ん」

「『ん』じゃないだろ。聞けよ」

「聞いてる。このまま話せばいい」

そんなことといったって……こんなふうにすでに抱きしめられている状態で、いまさら切々と思いを訴える必要もないような気がして、なにをいうつもりだったのか、どうでもよくなってしまった。真帆も一哉を抱きしめられれば、いまさら言葉など必要としてはいないようだし。

こうして真帆の腕のなかでなつかしいぬくもりと匂いにつつまれているうちに、自分の一番大切なものがなんなのか、幼い頃の素直な感覚を思い出す。ふれあっているだけで安心して、気持ちがよくて満たされる。こんな感覚は――。

ふいに花の匂いが鼻をくすぐって、一哉はそっと真帆の髪に手を伸ばす。

「真帆……前から思ってたんだけど、真帆っていい匂いがするよな。シャンプーの匂いなの？これ」

「――ああ」

真帆は短く頷いただけだったが、「なに使ってるの？」としつこくたずねると、歯切れの悪い声で答える。

「母親に……送ってもらって……花の精油を入れた手作りで……そういうの作るの好きだから」

「ああ、そっか。おばさん、細々となんでも作るの好きだったもんな。シャンプーまで手作りなんだ？」

どうりで子どものころと同じ花の匂いがするわけだと納得する。

「いまでも母親がいろいろ送ってくるんだけど、さすがに俺ももう女もののシャンプー使う年でもないし、おせっかいがうざいから使ったことなかった。でも、一哉が花の匂いが好きだっていうから。俺は昔と見かけが変わって、一哉がとまどってるみたいだったから……花の匂いでもすれば、怖くないのかなと思って……最初、走って逃げられたし」

以前、「気にしてない」とはいったものの、やはり再会時に一哉が真帆を誰だかわからなくて逃げたことは、真帆の心に深い傷を残しているらしい。

引っ越してきてから、一哉がバイカウツギの花の匂いが好きだと真帆に告げたことがあった。どうやら、あのあとから母親が送ってくれていた手作りシャンプーを再び使い始めたのか。

「走って逃げたのは……その、ごめん。真帆」

あらためて申し訳ない気持ちになる。真帆はやはりそっけなく「もういい。気にしてない」と答えるのみだった。

ほんとはすごく気にしているくせに否定するのは、一哉が悪いと思わないようにわざとそうしてくれているのだろう。まったく……。

一哉が花の匂いが好きといえば、使わなくなっていた母親の手作りシャンプーで髪を洗い、好物のシフォンケーキも人目もはばからずえこひいきして大きく切り分けてくれて、アップルパイが好きだといえば完璧なアップルパイをつくろうと毎日つくり続けて……これって、もうほんとにあきれてしまうほど。

「真帆って……ものすごく俺のこと好きなんだな」

傲慢《ごうまん》にもそんな呟きが口から漏れてしまった。真帆は一哉の顔を見て、どこか悔しそうに睨みつけてくる。たぶんこういう発言が真帆にとっては、「振り回してる」と聞こえるのだろう。

だけど、一哉にはそんなつもりは毛頭ない。だって……。

「俺も――」

一哉は初めて自分から唇を近づけてみた。真帆が大きく目を見開くのが見えた。照れくさくて途中で目をつむってしまったから、そのあとにどんな顔をしていたのかはわからなかった。

「俺も、真帆が好きだよ。ほんとに大好き」

ふれた唇からは、火傷《やけど》しそうな熱が伝わってきた。


真帆がぎゅっと抱きしめてくるので痛いくらいだった。今日ばかりは相手がうれしがっているのが力の強さから伝わってきて圧迫感すら心地いい。

しばらくされるままになっていたが、真帆はいつまでたっても一哉を抱きしめたまま動かない。「好きにしていい」とまでいったのだから、このまま勢いで押し倒されるのではないかと考えていたのに、そんなつもりはないようだった。以前、一哉がいやならなにもしない、といっただけあって、慎重になっているのだろうか。

よし、どうにでもしてくれ――と覚悟を決めていたのに、拍子抜けしてしまう。好きだと自覚してしまえば、この状況は無性にじれったい。

もう大学生なのだし、一回は局部にふれられているんだし、さっさと大人の関係になってしまったほうがいいのではないだろうか。陽人がいっていたように一緒に暮らして時間がたってしまったら、照れくささが倍増して、もっと難しくなる気がする。それに、自分だけが恥ずかしいところをさわられっぱなしというのもフェアではない。

一哉は勇気を振り絞って申しでてみた。

「……真帆、あのさ……いやじゃなかったらさ、このあいだのお返ししようか」

「お返し？」

「ほら……真帆が酔って俺にしたこと――あれ、俺だけがされっぱなしってのも悪いから」

真帆のからだがこわばるのが伝わってきた。

「いやなんだろ？　だからなかなか返事してくれなかったんだろ。それだったら、俺はべつに――」

「いやじゃないよ。もう大丈夫だから返事したんだし、頑張ってみるから」

「頑張るって……」

一哉が下腹に手を伸ばすと、真帆はあわてて腰をひこうとしたが、ズボンごしのそれはすでに硬くなっていた。

「真帆……もうおっきくしてる？」

「――」

真帆がかすかに荒い息を吐くのが耳にかかってきた。

抱きしめるだけでも、真帆がすでに興奮していたのだと知って、一哉のほうも頬から首すじに恥ずかしいような熱が走った。

「充電」しているときも我慢しているのだろうとわかっていたが、実際に知ってしまうと、心臓の鼓動が速まる。ドキドキとした音が飛びだして、伝わってしまうのではないかと焦った。

一哉は真帆のズボンのファスナーを下ろして、下着のなかから大きくなっているそれを取りだす。

体格の差があるから当然とはいえ、真帆のほうがやっぱりこっちの大きさもアレじゃないかとコンプレックスを刺激されてくだらないことを考えていられたのも最初のうちだけだった。手を動かすたびに、相手の荒くなった呼吸が耳をくすぐる。そのうちにこらえきれなくなったように、真帆が一哉の耳たぶにキスしてきた。

「……一哉……」

チュッチュッと軽く食《は》むようなキス。呼吸だけが激しい。

やがて耳では足りなくなったのか、真帆は一哉の首の後ろをなでるようにしながら唇を重ねてきた。今度はやわらかいキスではなくて、舌で口腔を舐《な》め回される。

「ん――んっ」

「……かず……」

しつこく唇を吸われているうちに、手のほうが動かなくなった。

焦れったくなったのか、真帆が一哉の手に自分の手を添えた。こっちがリードするつもりだったのに、いつのまにか押されはじめていることに困惑する。

「もっと強くしても――大丈夫だから」

真帆に手を重ねられるかたちで、しっかりと握らせられる。

いつも目をそらすことが多いくせに、こういうときだけはなぜか真帆はしっかりと一哉の顔を見つめてくる。こっちのほうが恥ずかしくなって、「あ……うん」とうなだれるしかなかった。

一哉がうつむくと、真帆はしつこく耳もとや頰にキスしてくる。

「……見せて、顔」

頼まれるといやとは拒めなくて、仕方なく顔を上げる。表情だけではそれほど興奮しているとも思えない真帆の瞳と目が合った。向こうが冷静に観察しているような目であればあるほど視線で犯されているような気がして落ち着かない。

どうしていいのかわからなくなり、もうすでに手を貸しているだけの状態だった。真帆はべつに不満ではないようで、一哉の手を使って下腹のものを刺激する。

やがて真帆が短く呻《うめ》いて、青臭い欲望を吐きだした。ハアハアと荒い呼吸のまま、とどめとばかりにキスをしてくる。ついでにものすごい勢いで抱きしめられて、本気で背骨が折れるのではないかと思った。

「……い、痛い、真帆」

「あ、ごめん」

真帆はすぐに一哉からからだを離した。再び目が合ってしまい、照れくさくてうつむく。相手は息こそ乱しているものの、いつもどおりクールな表情に見えるので、よけいに反応に困る。

「……真帆、気持ちよかった？」

「――ああ」

先日、一哉がさわられたときにはひたすらパニックだったのに――さほど動じてない真帆にどことなく悔しさを覚えてしまう。それでも、これで互いに同じことをしたのだから、おあいこだ。

今日のところはもういいか――と勝手に満足して立ち上がろうとしたら、真帆が腕を伸ばして抱きしめてきて、そのままベッドに押し倒された。

「……真帆？」

「――もう少しだけ」

もう少しだけ……「一緒に」とか、「抱きしめさせてくれ」とか、そんな類のことを訴えているらしい。

真帆は一哉を抱きしめて満足したような息を漏らすと、額や頰にまるで甘えるように「ん」と何度も唇を押しつけてくる。

こんなふうに「まだ行かないで」的に抱きしめてくるなんて、真帆って繊細だよな、とあらためて思う。こういうところは乙女というか――。

かわいい……と思ってしまったら負けだ、と一哉は妙なところで葛藤した。

「……一哉。清香とか、帰った？　まだ下にいるのか？」

「あ……うん。いま、誰もいないよ。陽人さんも羽瀬さんちに遊びにいった。今夜は泊まってくるっていったから」

「――そうか」

真帆が間近からじっと顔を覗き込んできた。普段どおりの無表情とはいえ、よく見ると目にだけ熱の余韻というか、妙な艶《つや》っぽさがあることに気づく。

「……もう少し……してもいい？」

「あ……うん」

「いやなことはしないから」

誰もいないと知って安堵したのか、真帆は唇を合わせるなり、舌と舌をからませて、夢中になったように唇を食んでくる。

キスされると同時に服の上から肌をまさぐられたが、なぜかなかなか服を脱がそうとはしなかった。

布地の上から胸の突起をなぞられ、尖ってきたそれをシャツ越しにキスして舐められる。おかげで、胸のあたりが真帆の唾液《だえき》でべっとりと濡《ぬ》れた。それでも頑固にシャツを脱がそうとしない。

濡れたシャツの上から指の腹でかたちをさぐりあてて、浮きでるそこにキスをくりかえす。そんなにそこが好きなら脱がせばいいのに、布ごしに執拗《しつよう》にいじる。

そんな状態が延々と続き、ひょっとしてこれはプレイの一部なのか、着衣のままが真帆の趣味なのか、とさえ疑った。

「――ま、真帆。あのさ。その――服……脱がないの?」

「いいのか?」

どうやらいちいち一哉が同意しないと先に進まないようだ。酔った勢いでさわったことを反省しているのか、一哉が告白の返事をさんざん待たせた後遺症なのか。

「いいよ。俺も脱ぐから、真帆も脱いで」

真帆はすぐに自らのシャツを脱いだ。先ほど下半身にはさわったけれども、真帆の上半身の裸を見るのは初めてだった。順番がいまいち逆のような気もするけれども。

着痩《きや》せして見えるたちなのか、シャツを脱いだ真帆のからだには全体的に引き締まった筋肉がついていた。服を着ているとひょろりとした印象なのに、肩から腕のあたりは意外とたくましい。

「真帆……結構いいからだしてるんだな」

「バイトのせい。去年、ずっと引っ越し屋でバイトしてたから」

「あれ大変だろ？」

「しゃべらなくていいから。俺は接客業とか向かないし」

——納得。

「でも重いものもって、手とか怪我したら大変じゃないの？」

「注意してれば大丈夫だけど……陽人や清香にも同じことといわれたから、今年はやめた」

一哉もいったん身を起こしてシャツとズボンを脱いだ。いざ下着に手をかけようとしたところで、真帆の視線を意識して手を止める。遠慮することなく、視線を這《は》わされるので緊張してしまう。

「真帆……そんなに見られると、ちょっと恥ずかしいんだけど」

「——ああ」

真帆は初めて気づいたような顔をした。

「でも、このあいだ下着の中身は見てるし」

「このあいだはこのあいだで、脱いでるところをじっと見られるのは恥ずかしいんだよ」

真帆は「わかった」と頷いたものの、なにが違うのか納得してない様子だった。照れ屋なのかと思えば、こういうときは妙に引かないからよくわからない。

一哉が再び下着を脱ごうとすると、真帆がいきなり距離を詰めてきた。文句をいうひまもなく、顔が間近に迫ってくる。

「……見ないから。これで恥ずかしくないだろ」

真帆はそう囁くなり、一哉を抱き寄せて、下着を脱がそうとする。

たしかに脱ぐところは見てないかもしれないが、脱がされるなんて恥ずかしさは倍増ではないか。

そのままベッドに倒されて、容赦なく下着を足から引きぬかれて全裸になったところで、からだの線を確認するようになでられた。

シャツ越しにはしつこくふれてきたくせに、真帆はまるでこわれものを扱うみたいに指の腹でそっと乳首にふれてくる。

酔っ払ったときにも真っ先にさわってきたし、さっきの様子から見ても胸をいじるのが好きなのだと思うが、やけに慎重だった。しばらく焦らされたあとで、ようやく胸の先を指さきで押しつぶされたときには「あ」と声をあげてしまった。

真帆は胸に顔をうずめて、指先にとらえていた突起を舐める。

乳首を舐められながら、下腹にも手を伸ばされて揉《も》まれると、あっというまに身体の芯が熱くなった。

「真帆……そこ好きなの?」

真帆は「――ん」とかすかに頷くと、さらに乳首を甘噛《あまが》みした。尖ったところをさらに刺激されつづけて、頭のなかまで甘くとろけそうになった。

真帆の頭がだんだんと下に移動していき、やがて一哉の足のあいだに身をしずめ、硬くなっているものを口に含む。生温かい感触につつまれる快感は強烈で、息があがってしまう。

いきなりそんなところを咥えられるとは思っていなかったので、一哉は真っ赤になってしまった。

「……へ、平気なの？」

真帆は「——ん」と頷く。

「一哉のだから」

ごく冷静に答えられて、さらに顔の表面温度が上がった。生温かい感触につつまれる快感は強烈で、すぐに息があがってしまう。

足の付け根に、真帆のかすかに荒くなった息がかかった。腰を持ち上げられるようにして、後ろをそろりと指でなぞられてびくりとする。濡れた舌の感触が後ろの部分へと移っていくのに、からだをこわばらせる。

「——あ」

窄《すぼ》まりを舐められてさすがにうろたえたが、もう平気なのかと訊く気にもなれなかった。反射的にからだをずらして逃げようとした腰を押さえつけられて、足を大きく開かせた状態でそこに顔をうずめられる。

「あ……ちょ、ちょっと……やだ、こんな格好」

「――見てない。目をつむってるから」

後ろを舐められながら、硬くなっているものをいじられているうちに、昂《たか》ぶってくるものはおさえようがなかった。

「あ……や……」

真帆は窄まりに舌を這わせながら、一哉の反応しているものを手でしごきたてる。

こらえきれずに腰を震わせて達してから、一哉が荒い息を吐きながら目を開けると、上体を起こしてこちらを見下ろしている真帆と目が合った。

目をつむってるなんて嘘じゃないか、と文句をいおうとして口を開きかけたが、倒れ込むように抱きしめられてなにもいえなくなってしまった。

「……一哉……一哉」

真帆はたまらなくなったように一哉の首すじに吸いつき、耳朶《みみたぶ》を嚙むようなキスをくりかえす。押しつけられた下腹のものが硬く反り返っていた。

真帆は一哉の後ろに再び手を伸ばしてきて、先ほど舌で湿らせたところに指を入れてきた。そんな場所をいじられるのは違和感があったはずなのに、真帆にしつこく指で刺激されているうちにスイッチを押されるように反応してしまう。

しばらく指でほぐしたあと、ふいに真帆が離れて、ベッドから下りた。棚のあたりをごそごそとさぐっている。目当てのものが見つかったらしく、なにかを手にして戻ってきた。よく見ると、チューブ状のものだ。絵の具？　と一瞬思ったが、傷薬になる軟膏だと気づいた。

「……入れてもいいか？　その——俺が上で」

真帆はいいにくそうに言葉を濁す。以前、一哉がどっちが上なのかとたずねたから、これも許可をとらなければならないと考えているようだった。

いちいち聞かれても、答えるほうが恥ずかしい。いっそなにもいわずに強引に押さえつけてでもやってくれ、といいたいのをこらえて頷く。

「塗らないと——狭くて入りそうもないから。少し我慢して」

ぬるぬるとクリームがその部分に塗り込められて、再び指が入れられる。

ふれてくる指先の熱から、「平気？」とたずねてくることさら抑えた声の調子から、真帆が興奮していることが伝わってきた。

発熱しているみたいなからだが重なってきて、奥深いところを指でさらに丁寧にほぐされる。中をさぐられているうちに、からだ全体に響くような部分をいじられて、押さえつけられている腰が震えてしまった。

「あ……やだ」

助けを求めるように見上げると、真帆もどこか苦しそうな表情をしていた。繊細な目許の長い睫毛《まつげ》が瞬きでゆれている。

「……いい?」

真帆は熱い息をこぼすと、余裕のない様子で一哉の足を開かせて、硬いものを押し付けてきた。

ずいぶんと指で慣らしていたが、それでも狭いのか、なかなか入らなかった。張りだした先端がクリームのぬめりをかりてようやく入り、ゆっくりと内部が性器の熱に侵されていくのがわかる。

「や……ちょっと、やっぱ無理……真帆の大き……」

裂けるんじゃないとからだをこわばらせていたので、熱いもので満たされたときには、唇からはほっとした息がもれた。

「平気……?」

「ん――たぶん……」

気遣わしげに覗き込まれて、目許にキスされる。

いったん一哉のなかに入ったことで満足したのか、真帆はしばらく動かずにいてくれた。

やんわりとした手つきで乳首や下腹のものをいじられているうちに、一哉のものも再び反応してきた。

「……動いても……平気か?」

「――ん」

さすがに限界なのか、真帆は大きく息を吐くと、ゆっくりと律動をはじめた。突き上げられているうちに、感覚がしだいに麻痺《まひ》してくる。

深い部分まで侵されて、真帆につながられたまま、ゆさぶられ続けるしかなかった。腰の動きがだんだんと激しくなってきて、容赦なく掻《か》き回される。

大きなもので内部をこすられているうちに、いままで感じたことのない熱がわきあがってきて、手足がビクビクと震えた。

「や……んっ——」

一哉が「いや」と訴えれば訴えるほど、真帆は堪えきれなくなったようにさらに腰を振ってきた。揺らされているうちに、からだじゅうに甘い熱が回って眩暈《めまい》がする。真帆の荒い息が耳のなかに貼りつけられたみたいに大きくなった。

「きつい……」といいながら、真帆は一哉の内部を奥まで穿《うが》つ。突き入れられながら、反応しているものをいじられて、恥ずかしい声が漏れた。

「あ……や……いや」

一哉の感じている様子を見て、興奮しているのか、真帆の息がいっそう乱れ、目に蕩けそうな熱が帯びた。

「……なかに——出してもいい？」

低い囁きに耳が火傷しそうになって、「いやだ」と一哉は首を振る。

「出したい……一哉のなかに……いいか？」

「……いやだ……ってば、もう」

拒まれていると思ったのか、真帆の表情が少し困ったようにゆがんだ。鈍感、とかかえあげられた足で背中を蹴りたくなる。

「……や……もう聞くなってば……いいよ、もう聞かなくて」

一哉が泣きそうな顔で訴えると、真帆は相手がなにをいやがっているのかをようやく正しく理解したらしい。一哉の腰をさらにかかえあげて、覆いかぶさるように深くからだを入れると、ひたすら律動をくりかえす。

「ん……あ……や……」

激しく穿たれ続けて、無意識のうちに逃げようとからだを動かそうとするが、そのたびに腰をがっちりとつかまれてしまい、さらに奥へと真帆のものを受け入れさせられるはめになる。

「や――も……や……」

勃起《ぼっき》したものを指でこすられて、再び達してしまう。すると、合わせたように真帆の腰が震えた。一番奥で射精して、一哉のなかを熱い迸《ほとばし》りで濡らす。

真帆はいったん動きを止めたものの、すぐに身を屈めてキスしてきた。まだ完全には萎《な》えていないのか、粘液を奥へと塗りつけるようにゆるゆると腰を動かす。

しばらくキスをしたりしながらからだを重ねたままでいたのだが、余韻を楽しんで腰を揺すっていたはずの真帆の動きが徐々に激しくなってきた。

「ちょ——ちょっと……もうやだ。休ませ……」

先ほど「なにも聞くな」といわれて免罪符を得たように、真帆は憎らしいことにしゃべらなかった。ただ黙って、文句をいう一哉の口をキスできつくふさいできた。


朝、目が覚めると、間近に真帆の寝顔があったので一瞬びっくりした。

カーテンの隙間《すきま》から差し込んでくる光を浴びて、男らしく綺麗に整った顔には寝乱れた髪がかかっている。

ベッドのなかで十秒ほど考えてから、そういえばそういう仲になったんだっけと一哉は昨日の出来事を思い出す。

昨日は真帆と抱きあってから、夕方近くまで眠り、いったん起きてふたりで夕食を食べた。昼間にからだを重ねたばっかりだったので、夜はひとりで眠りたかったのだが、真帆に真剣な顔で「なにもしないから一緒に眠りたい」といわれた。

「ほんとになにもしない？」

「しない」

たしかに最初のうちはなにもしなかったのだが、真帆は相変わらず「これだけはべつ」とばかりに抱きまくらみたいに一哉を抱きしめてくるし、そんなふうにベッドのなかで密着されれば、いったんもう最後までしてしまっているわけだし、若いからだが反応しないわけがない。

一哉も抱きしめられているうちに物足りなくなっていたので、真帆がこらえきれないように「ごめん、したい」といいながらシャツを脱がしてきたときにはほっとした。なにせこの場面でまた「しない」という言葉に縛られて、互いに興奮しているのに抱きあったままなにもしなかったら喜劇だ。

昨日は熱に浮かされたようなところがあったが、一夜明けてみると、一哉は真帆との行為のひとつひとつを思い返すたびに「うわ……」と声をあげて頭をかかえたくなる。

真帆は満足しきったように眠っている。思わず「こいつ」とつつきたくなるほど安らかな寝顔だった。

ムッツリ、と悪口をいってやろうとしたとき。

「……カズくん……」

その唇が小さく呟いたのを聞いて、一哉は「え」と耳を疑った。びっくり眼のまま、しばらく見つめてしまう。

なつかしい呼び方。再会してから、真帆はなぜか「一哉」と呼ぶようになっていて、「カズくん」と呼んでくれなくなっていた。

やがて真帆が寝返りを打ちながらぼんやり目を開いたので、「おはよう」と声をかけた。真帆は不機嫌そうに瞬きをくりかえすだけだった。どうやら寝起きの悪さは今朝も変わらないらしい。

「——おはよ……」

「まだ眠い？　寝てていいよ。俺は起きるけど」

一哉が上体を起こしても、真帆は完全に目が醒《さ》めていないらしく、「うん」と頷いて瞼《まぶた》を閉じてしまった。

なんなんだ、さっきの「カズくん」は。寝ぼけてたのか。

ベッドから立ち上がろうとしたら、真帆が腕をつかんできた。眠そうな目を再び開けて、一哉を見上げる。

「俺も起きる……魚屋に行かないと。昨夜はありものですましたから」

「魚屋、なんで？」

「お祝いだから。鯛《たい》を買ってこないと」

「は？」

「……シフォンケーキも焼かないと……」

祝いってなんの？　なんで尾頭付き？　というツッコミを入れる前に、真帆は目を閉じて、枕に頭をつけてしまった。スーッという寝息が唇から漏れる。

なんだ……と拍子抜けして、一哉は真帆の手を腕から外すと、ベッドから立ち上がって部屋を出た。

ひとりになると、甘やかな気分も少し薄れて、現実的な問題に直面しなければならなかった。さて――真帆とこうなってしまったことは陽人たちはどうせお見通しだとしても、とりあえず今日はみんなが留守でよかった。真帆とあんなことがあってからすぐに陽人や羽瀬の顔を見るのは精神的にきつい。

助かった……と胸を撫《な》で下ろしながら階段を下りていくと、「おはよう」と弾んだ声で挨拶されて、一哉は一気に血の気が引いた。振り返ると、そこにいるはずのない花梨がにっこりと笑って立っている。

「一哉くん？　お寝坊さんね。もうお昼近くよ」

「……花梨ちゃん？　なんでここにいるの？」

「お兄ちゃんが帰るっていうから、ついでに遊びにきたの。一哉くんがどうしてるか心配だったし」

「え？　もう羽瀬さん、帰ってきてるの？　じゃあ陽人さんも？」

「だって、もう十二時近くだよ」

当然というように頷いてから、花梨は居間へと駆けていく。

「お兄ちゃん、陽人くん。一哉くん、起きてきたわよ。もう静かにしてなくていい？」

「あ、起きたの？　いいよ。じゃあ、お吸い物あっためようか。花梨、キッチンに行って、羽瀬を手伝ってあげて。ちょうどお昼ごはんになるね」

元気に応える陽人の声が聞こえてきて、一哉は居間の前の廊下で立ち止まったまま崩れ落ちそうになった。顔を見たくないと思っていた矢先にこれだ。

「――あれ？　そんなとこでなにしてんの？　一哉くん、大丈夫？　具合悪い？」

「……いえ」

陽人が廊下に出てきて、壁に手をついてためいきをついている一哉の脇に並んで声をひそめた。

「平気？　真帆と無事にできた？　あいつ粘着質だから、エッチもきっとしつこいだろ？」

セクハラな質問は無視して、一哉は陽人を睨みつける。

「……なんでいるんですか」

「いちゃ悪いの？　俺もここの住人だよ。帰ってくるの、当然だろうに。それでも気を遣って、帰ってきても音を立てないようにしながら、料理作ったりして大変だったんだから」

「……料理？」

「もうお昼ごはんになっちゃうけど、食べるだろ？　お赤飯炊いてあげたから」

めまいがしてきて、怒鳴ろうにも反応が一拍遅れた。

「なに考えてるんですか。なんで赤飯がでてくるんですか」

「お祝いだからさ。真帆の初恋がようやく叶ったわけでしょ？　身内としては感無量なんだよね。あの真帆に恋人ができた、って。いや、本気で真帆のおばさんとかも、『真帆は一生独りかしらね』って心配してたんだから。『あの性格じゃ無理よね』って。たぶんもう相手が男とか女とか犬とか猿とかでも、こだわらなくなってるよ」

「……だからって、赤飯炊くってどうなってるんですか。真帆が卒倒するでしょ？　みんなにそんなこと祝われたって」

「そうかなあ？　真帆が起きてきたら、『おめでとー』って拍手してやろうかと思ったんだけど、やめたほうがいいか」

「当然です。そんなことしないでください。……真帆には、みんなが留守だっていってあるんだから、勘弁してくださいよ。起きてきて、陽人さんがいるのを見ただけでも大変ですよ。また変なことでからかって、真帆に妙なトラウマつくらないでください」

「じゃあ、ちょっといったんみんなで外に出てこようか。真帆が具合悪いみたいだから、お見舞いのフルーツ買ってこようって花梨にはいうから。二時間ぐらい出てきて、あらためて帰ってくるから」

あっさりとものわかりのいいことをいって、陽人はキッチンへと入っていった。羽瀬と花梨に事情を説明しているらしい。

「なんだ、真帆をびっくりさせないのか」

「えー、じゃあお赤飯はどうするの?」

「あとで食べようよ。お昼は、お見舞いの買い物がてら、フルーツパーラーで食べよう。花梨、イチゴクリームのサンドイッチ好きだろ?」

フルーツパーラーでのランチは魅力的だったらしく、花梨はあっさりと納得した。

こうやって騒いでいるあいだに真帆が起きてきたら最悪だったが、幸いなことに眠りが深いせいで階下の物音には気づかないらしかった。

身支度を整えてから、先に羽瀬と花梨を玄関のドアの外に出したあと、陽人が一哉を振り返った。

「一哉くんて、ほんとに真帆が傷つかないように守ってくれるんだね。身内としては安心した。キッチンにお赤飯と鯛の塩焼きとはまぐりのお吸い物つくってあるからさ。きみが早起きして用意したっていいなよ。真帆、喜ぶから」

「なんで俺が」

いいかえそうとしたが、「鯛の塩焼き」というところに引っかかった。先ほど真帆が寝ぼけて「魚屋さんに鯛を買いに行く」っていってなかったか?

「鯛?」

「うん。真帆の家では、お祝い事があると、いつもこのメニューなんだよね。あ、あと海老の卵焼きも。たぶん真帆、きみとの想いが叶ったから、きっと自分でこのメニュー作るっていいだすよ。あとシフォンケーキも焼くかな。きみとのメモリアルお菓子みたいだから」

そう、たしかに「シフォンケーキも焼かないと」ともいっていた。さすがに血縁——真帆のことがわかりすぎていて怖い。

「じゃあね」と手を振って出ていく陽人を見送ってから、一哉はキッチンに行ってお祝いのメニューが用意されていることを確認した。炊飯器のなかにはツヤツヤとした赤飯が湯気をたてていて、鯛は焦げ目も美しく焼けているし、海老と青豆が入った卵焼きはふっくらとしていて美味《おい》しそうだ。真帆も料理が上手いけれども、陽人も相当器用になんでもこなす。

これ、どうするんだ？　あらためて陽人たちに帰ってきてもらっても、こんなものがあったら、バレバレじゃないか。それともほんとに俺が作ったっていうのか？　お祝いの赤飯を？

……そんな恥ずかしいこと……だいたいなんのお祝い？

途方に暮れながら、一哉はいったん二階の真帆の部屋に戻った。案の定、階下の音は真帆を目覚めさせはしなかったらしく、ひとりになったベッドで大の字になって眠っている。

ベッドのふちに座って、真帆の寝顔を見下ろす。あのお祝いメニューをどう説明しようかと頭を悩ませていると、真帆の口が小さく動いた。

「……カズくん……」

幻聴ではない。カズくんと呼んでいる。

一哉は思わず真帆の鼻を「えいっ」とつまんでやった。真帆は苦しそうに顔を歪めて、目を開ける。

「……なに」

「おはよ?　もう昼近くなんだけど」

真帆は「え」と驚いたように身を起こすと、床に転がっている目覚まし時計を確認する。どうやら完全に目が醒めたらしい。先ほどいったん起きて、一哉と会話をしているはずなのに、覚えていないようだ。

「一哉、先に起きてたのか」

寝起きでやはり機嫌が悪いのか、真帆はじろりと一哉を睨んでくる。

「うん、ちょっと前に。——え、真帆……?」

真帆がなぜかぐったりとうなだれてしまったので、一哉はきょとんとした。真帆は小さく息をついてから顔をあげる。

「……もう一回、寝てくれる?」

「え?　なにが?」

「いいから」

腕を引っ張られて、有無をいわさずベッドの上に倒される。昨日もさんざんしたっていうのに、また朝っぱらから不埒な真似をするつもりなのかと焦った。こちらは男相手の女役なんて初めてなんだから、少しは遠慮しろといいたい。

「ちょっと真帆っ、いいかげんに、この……」

ムッツリ、と本人がおそらくいやがる言葉をぶつけてやろうとしたものの、いつものようにぎゅっと「充電」方式で抱きしめられて口がきけなくなる。真帆が耳もとに囁いた。

「——いったん目を閉じて。一哉が次に目を開けたら、俺が『おはよう』っていってキスするから」

「……は？」

なにいってるんだ？　と肩につけていた鼻先をあげて、真帆を見やる。あまりにも一哉が奇妙な顔をしていたからか、真帆はふてくされたように目をすがめた。

「一哉と一緒に寝たら……初めての朝は、俺が抱いてて——目が覚めたら、キスするって決めてたんだ」

「……それ、するの？　いま？　やりなおしで？」

こくんと頷く真帆に逆らうのも怖いので、一哉は素直に目を閉じた。本気なのかと疑いつつ目を開けると、真帆がほんとうにそっと額にキスしてきた。

「——おはよ」

「……お、おはよ」

再びぎゅうっと抱きしめられたので、真っ赤になってしまった顔を見られずにすんだ。もうムッツリなんだか乙女なんだか、ナチュラルに突き抜けすぎていて、わけがわからない。

真帆は自分なりにこだわっていた朝のあいさつができたことに満足したようで、心地よさそうに一哉を抱きしめている。そんな様子を見ていると、まあ真帆が喜んでいるのならいいか、という気持ちになってしまうのだから、一哉も重症だった。

ご機嫌そうなので、疑問をひとつぶつけてみることにする。

「……なあ、真帆。なんで俺のこと、『カズくん』て呼ばなくなったの？　昔はずっと『カズくん』だったろ」

あえてさっき「カズくん」と寝ぼけていってたよ、という事実は伏せる。

「……『カズくん』のほうがいい？」

「いや、そういうわけじゃないけど。再会したときから『一哉』に変わったから、なんでだろうって素朴な疑問」

真帆はほんとは話したくないのか、複雑そうに眉間に皺《しわ》を寄せた。

「『カズくん』って呼んでもいいけど。ただ『カズくん』って呼ぶと、一哉がきっと昔の俺を思い出すだろ。『美少女』っていわれてたときの俺を。いまの俺が『カズくん』って呼んでも、きっと昔の『カズくん』って呼んでたときの真帆のほうがかわいかったって比べられるから。あっちのほうがよかったって思われると」

「…………」

「――それがいやだ」

つまり自分の幼少期にも嫉妬しているということだろうか。デカイ図体しているくせにどこまでかわいらしいんだ、といいたくなる。なんだかわからないけど、負けた——。

「俺は昔のかわいい真帆も好きだけど……いまの格好良い真帆も好きだよ」

自分からはけっこう恥ずかしいことをいうくせに、いわれるのは免疫がないのか、真帆は少しうろたえたように黙った。「——ん」と頷いて、再び一哉を抱きしめる。

「魚屋に行かないと」

真帆がぼそりと先ほどと同じことを呟いたので、ひょっとしていまも寝ぼけているのだろうかと疑った。だが、顔を覗き込むと、目がぱっちりと開いているので起きているらしい。

「なんで？　鯛を買いにいくの？」

真帆は「なんで知ってるんだ」と驚いたように目を瞠《みは》った。やっぱり……。

鯛ならすでに焼いたのがキッチンにある。お赤飯も海老の卵焼きもはまぐりのお吸い物も、完璧に用意されている。

どう説明したらいいのだろうかと一哉は頭を悩ませた。自分が作ったというのも変だし、陽人が作ったと知ったら「あいつはまたわかったようなことをして」と怒るような気がする。どうするのが一番いいのか。

真帆がせっかちに起き上がろうとしたので、一哉は抱きついて引き止めた。

「もう少し……」

これじゃいつもの真帆の台詞じゃないかと思いながら、それしか言葉がでなかった。真帆は「え」ととまどった顔を見せながらも、まんざらでもないように「ん」と頷いてもう一度ベッドに横たわって一哉を抱擁する。

上手いごまかしかたを思いつくまで、こうやって抱きしめられているのもそう悪くはなかった。

あとがき

はじめまして。こんにちは。杉原理生《すぎはらりお》です。

このたびは拙作『きみと暮らせたら』を手にとってくださって、ありがとうございました。

今回は幼馴染みの同居ものです。大学生同士のお話となっております。

いつも書いていて思うんですが、わたしの書くひとたちはくっつくまでに非常に時間がかかる。ページの都合上、くっついたあとのイチャイチャがあまり書けない。でもすぐに気持ちが通じ合うのはわたしの好みじゃない。とはいえ、乙女的な欲求からいったらもっと早くにイチャイチャ抱っことかしてほしいだろう——というわけで、今回、抱擁シーンだけは最初のほうからいっぱい書きました。

さて、お世話になった方に御礼を。

イラストは、高久尚子《たかくしょうこ》先生にお願いすることができました。わたしは高久先生の描く黒髪攻が大好物でして、今回の攻の真帆《まほ》は高久先生の絵を思い浮かべながらキャラをつくりました。自らお願いしたにもかかわらず、スケジュールの件でご迷惑をおかけして、申し訳ありませんでした。現時点でカラーの表紙と口絵を見せていただいているのですが、真帆が格好よくて……とくに表紙の真帆が格好よすぎて、いただいた画像をプリントアウトして壁に貼ってうっとりしながら著者校正をするという贅沢な時間を味わわせていただきました。お忙しいところ、素敵な絵をありがとうございました。

お世話になっている担当様、昨年からスケジュールが狂いっぱなしで、色々とご迷惑をかけてしまって申し訳ありません。ほんとうに長い時間がかかった原稿でお手数をおかけしました。今後は態勢を立て直して取り組みたいと思いますので、どうぞよろしくお願いいたします。

そして最後になりましたが、読んでくださった皆様にも、あらためて御礼を申し上げます。最近、原稿を仕上げるのに時間がかかってしまい、発行がのんびりペースになっておりますが、今後はもう少したくさん書けるように頑張るつもりですので、本を見かけたら読んでやってくださるとうれしいです。

わたしは幼馴染み、大好きなんですね。わたしの書く話を何作か読んだことのある方はすでにご存じでしょうが……幼い頃に出会って運命が決まってしまうパターンが三度の飯よりも大好物です。今回、外見は男らしくカッコいいのに、心は繊細でガラスのよう——という、わたししか喜ばないような攻にしてしまったので、同好の士が少しでもいることを祈ります。

拙いながらも一生懸命書いたお話なので、読んでくださった方に少しでも楽しんでいただければ幸いです。

杉原　理生

この本を読んでのご意見、ご感想を編集部までお寄せください。

《あて先》〒105-8055　東京都港区芝大門2-2-1　徳間書店　キャラ編集部気付
「きみと暮らせたら」係

■初出一覧
きみと暮らせたら……書き下ろし

きみと暮らせたら

……【キャラ文庫】

2012年9月30日　初刷

著者　杉原理生
発行者　川田 修
発行所　株式会社徳間書店
〒105-8055　東京都港区芝大門2-2-1
電話048-451-5960(販売部)
　　03-5403-4348(編集部)
振替00140-0-44392

印刷・製本　図書印刷株式会社
カバー・口絵　近代美術株式会社
デザイン　chiaki-k（コガモデザイン）

ISBN978-4-19-900685-2

投稿小説★大募集

『楽しい』『感動的な』『心に残る』『新しい』小説——

みなさんが本当に読みたいと思っているのは、どんな物語ですか？　みずみずしい感覚の小説をお待ちしています！

•応募きまり•

[応募資格]

商業誌に未発表のオリジナル作品であれば、制限はありません。他社でデビューしている方でもOKです。

[枚数／書式]

20字×20行で50〜100枚程度。手書きは不可です。原稿は全て縦書きにして下さい。また、800字前後の粗筋紹介をつけて下さい。

[注意]

①原稿はクリップなどで右上を綴じ、各ページに通し番号を入れて下さい。また、次の事柄を１枚目に明記して下さい。
（作品タイトル、総枚数、投稿日、ペンネーム、本名、住所、電話番号、職業・学校名、年齢、投稿・受賞歴）
②原稿は返却しませんので、必要な方はコピーをとって下さい。
③締め切りは特別に定めません。採用の方にのみ、原稿到着から３ヶ月以内に編集部から連絡させていただきます。また、有望な方には編集部からの講評をお送りします。
④選考についての電話でのお問い合わせは受け付けできませんので、ご遠慮下さい。
⑤ご記入いただいた個人情報は、当企画の目的以外での利用はいたしません。

[あて先]　〒105-8055 東京都港区芝大門2-2-1
徳間書店 Chara編集部 投稿小説係